坂本 久美

文芸社

真狩《まっかり》へ　生きてゆく証を求めて・目次

第一部

目次

第一部

心の風景十二章

真狩《まっかり》へ

平成三年六月二日の日付の入った三枚の写真が私の手元にある。

一枚は羊蹄ふるさと館の前、もう一枚は歌手細川たかしを讃える碑の前で、この写真はバックにまだわずかに残雪の見える羊蹄山が頂を雲におおわれて写っている。残りの一枚は墓前で、そのそれぞれには私と姉、伯母が三人とその夫が二人並んでいる。一人はシャッターを押しているので入っていない。

「農協時代のOB会があって真狩へ行くのよ。あなたもこない?」という誘いの電話が姉からきたのがその五月も末のことである。

大宮に住む姉は、羽田から飛行機で札幌へ行き、そこから真狩へ向かうと言う。姉は中学を卒業してから一家で上京するまでの間、真狩農協へ勤めていたらしい。姉のことに関して、私があいまいな物言いになるのには訳がある。

私は昭和二十二年三月に生を受け、父親は戦地で胸を患い、それが元で同じ年の五月に亡くなったという。

この父親はすでに自身が余命いくばくもないことを知っていて、地元の産婆さんに私の行く末を一任したらしい。母親はそのことを知らずに出産し、私を引き取りに行った夫婦が連れ帰った後、何日も泣いていたという。「あなたはその時、赤い着物を着ていたのを覚えているわ」。これは姉の説明である。私よりひと回り年上の姉は当時十二歳になっていたはずで、赤い着物を着た妹になるはずの赤子が、見知らぬ人に連れられて家を出てゆく光景が記憶に残ったのだろうか。

赤い着物は私を産んだ人が用意して着せたのか、その後私の両親となった人が持ってきて着せたのだろうかと、ふと思う。戸籍は三月三十一日生まれになっているけれど、と姉に問うとどうも違うらしい。もっと早く生まれたようだという。

もう少し確かな情報がほしい私に、姉は「よくわからないわ。そんなことどうだっていいじゃない」という返事が返ってきた。姉にとってはあまり関心のないことでも、私は自身がいつ、どこで、どんな状態でこの世に生を受けたのかという事実はしっかりと把握したいことである。

もっとも当時の状況を想像してみると、敗戦のどさくさで世の中は安定していない。父親は明日をも知れない命で、子供は十二歳を頭に、下は二歳まで四人いた。そんなところへ生まれてこようとしている赤子のことなど頓着していられないのは当然のことだろう。

あなたには「美智子」という名前が用意されていたのよ、と姉は言った。父親が手離す手続きをしていたのだから、これは母親が一人で考えたことなのだろうかと思う。

ともかく、生まれた家とは縁もゆかりもない他の家の子供となり、「坂本久美」という名を私は持ったので、離れて生活した姉のことも、姉が共に暮らした家族のことも詳しくは知らない。

ＯＢ会の翌日、真狩の伯母さんの家へ行くので、そこで会おうという話だった。「札幌や岩内からも伯母ちゃんたちが来るのよ。あなたのことも心配しているわ」。すでに彼女の声は弾んでいる。もっとも伯母ちゃんたちと言われても、私にはあまり馴染みがない。

夫が出不精で家族旅行などということもほとんどないまま過ごしてきたから、一人で出かけてゆくのはちょっと億劫な気持ちがした。たまたま姉が言ってきた日にちは、母の習っている詩吟の審査が倶知安で行われる日と重なっていて、乗用車に分乗していくことになっていた。仲間のAさん夫妻の車に空席があり、私はそこへ便乗させてもらうことになった。

六月一日午前七時過ぎ、その日は朝から初夏を思わせるような陽差しのなか、七飯を出発した。

Aさんは小学校の先生を退職されて、それまでは教職の傍らつづけていた油絵を、今では毎日没頭できるようになったと言われた。私も絵は好きなので話がはずんだ。写生旅行には奥さんと連れだってどこへでもいくと言われる。助手席の奥さんは大きなウェーブのかかったパーマの髪を肩まで下げて、細面の美しい顔をちょっとかしげて「お弁当とお茶を持っていくんですよ」とニコニコしながら相槌を打っている。後部座席にいる私には仲睦まじそうな夫妻の日常が目に見えるようだった。

絵の話がひとしきり続いた後で、Aさんが「新聞、いつも見ていますよ」と言われた。私が時々新聞に投稿していることを指しているのだった。夫には、何でも書いて恥かしいと言われていますと言うと、それは言う方が悪いと真顔で言われた。

Ａさんは奥さんが詩吟を始めて熱中していることを、とても喜んでいるようだった。話好きのＡさん夫妻のおかげで車中はとても楽しい雰囲気となり、私は「今日は姉に誘われて私の生まれた土地へ行くのです」と言った。「それはいいことです。楽しんできてください。帰ってきたら報告がてら、僕のアトリエを見にきませんか」と言われた。

私は倶知安の駅前で降ろしてもらい、駅へ向かった。あいにく汽車が出たばかりで、すぐそばに真狩行きのバスが出ていると言われて、そちらへ向かった。すでにバスは来ていた。行列している人の後ろから乗り込んだ。私はふだん車を使っているので、バスや汽車にあまり馴染みがなく、切符はどうしたらいいのだろうと佇んでいると、どうもさっきから私を見ているらしい初老の女性がいる。

私と目が会うと「久美ちゃんじゃないの」と言う。岩内からついさっきの汽車で着いて、私より後にバスに乗り込んだと言う。私が乗るところをうちのお父さん（と傍らの男性を指し示して）が見つけて、あの顔は久美ちゃんに違いない、多恵ちゃんにそっくりだと言ったそうだ。多恵ちゃんとは二歳違いの姉のことである。

そんなに似ているのだろうかと私は思った。私は長い間自分の身元を知らずに生活していたので、親や兄弟がどのような顔をしているのか、全く想像することができなかった。

そして自分に似た人間が世の中にいるということが実感としてよくわからないのだった。

この人が岩内の伯母さんなのだと、私は心の中で思った。

「私の伯母さんなんですね」とかろうじて声に出した。もうすでに胸が一杯だった。

「よく来たわね。ここに座りましょう」と言い、伯母さん夫婦は通路を隔てたとなりの席に座った。バスが発車した。もう私は涙があふれてどうにもならない。顔を手で覆った。顔中涙と鼻水でグシャグシャになった。少し気が静まると、伯母さんがいろいろ話しかけてきたけれど、私はよく覚えていない。バスの中の他の乗客は何と思うだろう。なぜ私は泣いてしまうのだろうと気恥かしくなる。

私は顔を上げられないまま、二十年余り前のある出来事を思い出した。それは三月初旬の日曜日の昼下りのことである。その日、父は午後から結婚式があり、留守だった。母も出かけていた。子供たちは近所の家へ遊びに行っていて、家に残ったのは私と夫だけだった。私たちは外でバトミントンをしていた。家の中から電話のベルが聞こえた。私はあわてて家へ入って受話器を取った。

「もしもし、久美ちゃん。英二です。母が危篤です。もう今日、明日の命と言われています」と言う。

私は夫と二人だったので、気持ちが緩んだのだろうか、どうして、どうして、と言ったきり泣いてしまった。兄は電話の向こうで途方に暮れたらしい。

「もしもし、久美ちゃん。私は長男の良一です」

今度はまだ会ったことのない上の兄が出ていた。兄には父に相談して連絡するということで電話を切った。夫はあまり突然のことで、私にどのように対応したらいいのかわからないようだった。ただ黙って佇んでいた。

とにかく父に報告しなければと思い、結婚式場になっている函館市内のホテルへ向かった。呼び出しを頼んで待っていると、父が二階から階段を降りてくるのが見えた。私はかけ寄って「お父さん、実はね」と言いかけると、どうも様子がおかしい。なんと階段に面した壁が一面鏡状になっていて、私はその鏡に向かって話しかけていたのだった。だれかに見られなかっただろうかと、あわてて周囲を見わたした。私は何というおっちょこちょいなのだろうか。

父は話を聞くと「それでは明日行っておいで、もし長びくようだったら一度戻ってくるように」と言った。

翌日、私は一人で上野行きの列車に乗った。車窓をぼんやりとながめながら前日の電話を思い出していた。

人生とは何と予期しないことに出会うものだろうかと思った。昨日、電話を取るまで私は夫とバトミントンをしていたのだ。今は列車の中にいる。電話をくれた英二とは、その二年近く前の夏、何の前触れもなく突然私たちの家を訪れた私の兄である。兄は大手の鉄鋼関係の会社に勤めていて、出張で北海道へ来たそうである。

その前に父が私たちの結婚式の写真と長女の写真を生母に送ったらしく、それを見て兄が離れている妹を思い出して訪れたということらしい。

私はその時初めて自分の肉親と出会い、長いこと知りたかった自分の身元がはっきりしたのだった。わかってみると私が小学生の時に一度冬の真狩に両親に連れられて行ったことがあり、二歳上の姉、多恵子とは中学生の半ば頃まで文通もしていたのだった。けれど肉親と知らずに会っていた時と、知ってからでは当然のことながら、気持ちの持ち方に大きな隔たりがあった。私がはっきりと両親とは血縁ではないことを知ったのは結婚直前のことだった。

目の前にいる人が兄であると確認した時、自分でも驚くほど引かれてしまったという記憶がある。同時に私を養女ではなく長女として出生届けを出した父も母も、大変な精神的打撃を受けたようで、「死ぬ前に知らせるつもりだったのに、どうしてくれる」と私は母に迫られた。

両親は私の出生に関して隠し通すつもりだったらしく、このような事態になることを全く予想していなかったようだ。世の中は人の思惑どおりにはいかないものらしい。

兄が帰った後、私は何食わぬ顔をして日常を過ごしていたけれど、身元がわからなかった時も辛かったが、こうしてわかってみると、生母が元気でいることも知り、今度は会いたいという気持ちが沸き上がり、これもまた苦しいものだった。物事は直面しなければわからないものだ。

私は生母に手紙を書いた。もう二度と会うつもりはないので、どうぞお元気でお過ごしください、というような内容だったと思う。すると折り返し生母から母宛に手紙が来た。久美さんから手紙が来ました、もう会うこともないでしょうとありますから、どうぞご心配なく、という内容の文面が細かくていねいに書かれていた。私はその手紙に母親の情愛を感じた。内容がどういうものであっても、母は知らずにいたほうがいいと考えた。私が手紙を出したということだけでも、決して愉快な気持ちはしないだろうと思い、読み終えた後すぐに処分した。

それからの二年近くはとても長い時間だった。

生母は私が病院へ着いた時、すでに意識はなかった。ベッドに横たわっている姿を見た時、私は柱に身体をぶつけて子供のように泣いた。その場には兄や姉とともに北海道からかけつけていた生母の兄弟もいた。

私は取り乱して恥かしいのと、気持ちを静めたいのとで外へ出た。早春の風が身に刺さるように冷たくて、いたたまれず、まもなく部屋に戻った。

その夜、私は生母の側で過ごした。生母は意識はないものの穏やかな状態だったので、姉たちは横になったりして、休んでいた。夜半、私が座っていたほうの生母の目から一粒涙がこぼれた。他の人はそのことに気がつかなかった。「きてくれたんだね。ありがとう」と、生母は私に声を掛けてくれたのだと受け取った。来てよかったと思った。

私はこの出来事をだれにも言わなかった。というよりも言いたくなかった。この世で縁のなかった私たちのささやかな、二人だけの思い出にしたいと私は思った。

翌日、腎盂炎から尿毒症を併発した生母は、医者の言葉どおりに還らぬ人となった。生母の亡くなった部屋で、私は自分の離れていた肉親と一度に出会うことになり、これほど姿かたちが似るものなのだろうかとただただ驚いてしまった。

一目瞭然、丸くて茶色の目は皆同じ、背丈も同じくらい、さらには亡くなって湯灌されている生母の指の爪を目にした時、そこまで似ていることに私はあまりいい気持ちがしなかった。なぜ一人だけ離されて、こんなにも似なければならないのだろうか。何も似る必要はないのにと、私は怒りに近い感情を持った。

生母の葬儀が終わるまでの間に、父のいない家庭でどんなに一家が団結して生活してきたかということが、私には痛いほど感じられた。

生活を共にすることは、喜びも悲しみも分け合い、それらの積み重ねが親子、兄弟の絆となっていくのだという、当然のことを私は改めて考えた。兄の良一が全く何気なく口にした「多恵子は父親を知らないから」という一言を聞いても、ああ、こんなふうに想い合うことが兄弟なのだと感じられた。共通する思い出も話題もひとつもないことに私は気づいた。

真狩小学校の前でバスを降りた。ニセコ一帯は観光地として町が力を入れているせいか、道路は広々と美しく整備されていて、背後には羊蹄山が悠々とそびえ、初夏の風が町をゆったりと流れている。

私は真狩へやってきたのだ、と実感した。

小学校のとなりに金丸という伯母さんの家があった。伯父さんは七十歳を過ぎているようだけれど、実に若々しく建設業を営んでいた。まもなく札幌の伯母さんという人も夫婦でやってきた。姉はまだいなかった。

金丸夫婦は実に仲がよく、伯父さんが伯母に話しかける時、「このバカ」という言葉を何度も連発する。まるでそうしなければ二人で話ができないとでもいうように。すると伯母さんは「まあ、うちのお父さんったら、人前でもこうなんだから、いやになっちゃうわ、アッハッハ」と、まるで子供のようにあどけない表情を見せて笑っている。そばで見ている者には、何のことはない、じゃれあって見せつけられているのである。伯母さんは経理を受け持っているらしく、「これで暇がないのよ」と、茶色の目をくりくりさせながら言っている。

自営業だから気持ちを一つに仕事をするにしても、これほど豊かな愛情表現をする二人に私はただただ感心してしまった。

気さくな金丸夫婦のようすから、どうやら何かというと兄弟が集まっているらしいのが話のやりとりから察せられた。

やがて姉も到着し、お昼になり札幌の伯母さんが持参したジンギスカンを食べた。好物の漬物が二、三種類出されて、私がしきりに食べていると「やっぱり血筋なのねえ。七飯の久美ちゃん、よく漬物を食べてるわ」という声がする。

七飯の久美ちゃんとは、実は姉の名は久美子で、やはり久美ちゃんと伯母達は呼んでいる。昼食の後、金丸の伯父さんは仕事に出かけ、茶の間には女ばかりが集まり、昔話が始まった。私にはまるで外国の話を聞いているようなもので、ちっともわからない。まったく出る幕がない。話が一段落したところで、姉がお土産を買いに行くというので、手持ち無沙汰だった私も一緒に外へ出た。

通りを二人で歩いてゆくと、出会う人ごとに姉は話しかける。顔見知りらしい。その都度、立ち止まっては話し込むという具合で、私はちょっと離れて待っている。姉の顔を見ると実に楽しそうだ。幼い日を家族で過ごしたふるさとに帰り、そこに住む人と出会うたびに顔がいきいきしている。「ここは多恵子の友だちがやっているのよ」と、姉は一軒の食堂に入った。

中から出てきた中年の女性が私を見るなり「まあ、多恵ちゃんでしょう。来ていたの。しばらくねえ」と言う。私がとまどっていると「違うわよ。この娘《こ》は多恵子の妹なのよ」

と、姉が説明している。

コーヒーが出されて二人のやり取りを聞いていると、かつてこの家の隣りに住んでいたことがあるらしい。「今はだれが住んでいるの。ちょっと見てくるわ」と言い、姉は一人で行った。

姉の多恵子と幼友だちだったという女性は、当時の村のようすや姉たち一家の暮らし向きなどを話してくれた。姉はなかなか戻ってこない。私もいつまでも座っているわけにもいかず、一人で散歩をしながら金丸の家へ戻った。

夕方、金丸の伯父さんが仕事を終えて帰ってきた。夕食の後で、伯父さんの弟が二人真狩にいてどちらも村議会議員をしていて、一人は牛を飼っており、もう一人は競走馬を飼育しているから見に行こうということになった。伯父さんの仕事用のボンゴ車で姉や伯母さんたちも一緒に出かけた。それほど遠くない所に道路から枝道に入った山際に面して大きな牛舎があった。見知らぬ顔がぞろぞろと入っていったせいだろうか。モーモーと牛が一斉に鳴き出した。大きなかわいい目をして、近づくと鼻をすり寄せてくる。よだれを糸のように垂らして健康そうだ。

家人は牛舎の中でまだ何か仕事をしていた。牛がどれほどの数だったか、もう記憶していないけれど、家族の人の苦労はどんなだろうと思われた。

次は競走馬を飼っているという家へ向かった。伯父さんの弟さんが馬小屋を案内してくれた。家人が住む家よりも大きな建物で、入ると馬具類がまず並んでいる。私はただ走るためだけの馬というものを、初めて目の前にした。大きくて、身がしまっていて、毛並がつやつやと光っている。馬がこんなに見事なものなのかと驚いた。その中に仔馬が一頭いた。かわいい。説明を聞きながらひと回りして帰りかけているのに、姉が仔馬に何かしゃべりながら離れようとしない。その時「やはり親の娘《こ》だねえ」という金丸の伯父さんの声がした。

父親の職業が馬喰で、そのせいか大変馬好きだったのだという。「かわいいわねえ、いい子ねえ」などと言いながら姉は仔馬の前から動こうとしない。何度も声をかけられて、姉は名残惜しそうに振り返りながら、しぶしぶ出てきた。

家へ戻ると、金丸の伯父さんはしきりに私に話しかけてくれた。

「お前のおじいさん（母方の祖父を指している）は真狩で大きな農場を持っていてね。お前たちの母親はおじいさんの長女だった。下に八人ほど兄弟がいてね。兄弟たちの面倒をよくみていたそうだよ。父親はその農場へ馬喰として出入りしている間に、おじいさんが長女の夫にと思ったんだよ。おじいさんの眼鏡に適った男でね。なかなかの男前だったよ。息子たちがよく似ているよ。おじいさんの農場は羊蹄山麓にあってね。母親は生活の糧を得るために、朝の三時頃には起きて歩いて仕事に通っていたよ」

私はここで以前訪れた有島記念館を思い出した。もしかしたら、おじいさんの土地は有島武郎が小作人に解放した農場の一部だったのではないだろうかと、勝手な想像を巡らせた。伯父さんに聞くと、それはわからないなあ、という。

さらに伯父さんの話は続いた。

「おじいさんはとてもハイカラな男でね。北海道で民間人では初めて飛行機に乗った人なんだよ。当時はきちんと正装をしなければ乗られないという規則があったそうでね。それを聞いたおじいさんは、早速札幌で帽子から洋服、靴までをそろえたと言うんだ。

当時の新聞に取り上げられてね。写真入りで載ったんだよ。切り抜いて取ってあったんだけどなあ。どこへしまったかなあ」と伯父さんは独り言のようにつぶやいている。私の顔にその新聞が今すぐ見たい、と書いてあったのかもしれない。伯父さんは照れ隠しにわざと乱暴な物言いをするように見えるけれど、なんて人に対する思いやりにあふれた人だろうか。私はいつの間にか伯父さんの人柄に魅了されていった。

翌日、朝から晴天で伯父さんは仕事を休み、私たちを案内してくれた。まずおじいさんの眠る墓を参り、その後、羊蹄ふるさと館へ向かった。ここは丸太作りの堂々とした建物で、中へ入ると真狩出身の作曲家八洲秀章《やしまひであき》と歌手細川たかしが大きなスペースを取って紹介されている。八洲秀章のご子息は現在、札幌でロングラン公演を予定されているミュージカル『オペラ座の怪人』で主役を務める沢木順だそうだ。

さらに中に進んでいくと、昔の真狩の様子などが写真と共に紹介されている。先の方を伯母さんたちと歩いていた姉が「あら、うちの母だわ」と言う声がする。

近づいていくと、そこには「芋ほり作業のひと休み」といったような説明付きで、二人の女性がこちらを向いて座っている。その一人が姉の多恵子によく似ている。

私の知らない、まだ若々しい生母の姿がそこにあった。

その後、ニジマスの養殖場などを見て回り、札幌の伯母さんたちは途中から帰り、姉は私の家に一泊して函館から戻るといい、夕方伯父さんの家を後にした。

帰りの車中で姉に伯父さんのことを問うと、「金丸の伯父さんはね、戦地でマラリアを患い、運よく九死に一生を得て、抑留生活の後、ようやく日本に戻ったそうよ。出迎えに行った弟さんが判別がつかないほど、痩せさらばえて、様変りしていたそうよ。よほどひどい目に遭ったのね」と姉はしみじみと言う。

私は驚きですぐに言葉が出なかった。

以来、羊蹄とその一帯の自然は、私の心の故郷となった。

（平成五年十二月）

息子の思い出

わが家の長男、貴彦は中学三年。来春は高校入試という大事な時期である。

この夏休み前まで、バレーボールをしていたせいか、やや小柄だった身体が思春期になり、かなり人並みに身長も伸び、すっかりおしゃれになって、朝、登校前などよく鏡とにらめっこしている。そんな彼を見るにつけ、まだオムツをしていた時分のことを、いまでも鮮明に思い出すことがままある。

母の私自身がアレルギー体質のせいか、彼も赤ん坊のころから強いアレルギーが現われていた。最初はオムツかぶれがひどく、病院を何軒歩いてもよくならず、オムツを取り替えようとすると真赤になって、光っているお尻に血が出るほど自分で掻くのだった。病院などでオムツを替えていると「まあ、かわいそうに」とよく言われたものだった。私はこの場面をいまでもはっきりと思い出すことができる。まだ物の言えない彼がどんなに辛い思いをしただろうと悔やまれてならない。

悪いことには、そのうちに水疱瘡になり、引き続きはしかまで引き受けてしまった。風呂にも入れず、おまけに季節は夏であった。それでも身体の方のボツボツはなんとか消えていったのだけど、頭に出来たそれらは、おできのようになり膿んでいった。

病院へ行ったところ、とてもお手上げという顔をされ、とにかく床屋へ行って頼んで、坊主にしてもらうようにと言われた。そして行った床屋でとても評判の皮膚科の病院を教えてもらい、私はわらにも縋《すが》る思いで早速その皮膚科を訪れた。

行ってみると、午前五時頃から患者がカードに名前を書いてゆき、診察が始まる頃には、午前の部はすでに満員という状態であった。そこはあらゆる皮膚の病気の人が集まったようなところで、何日もしないうちに彼ははっきりと治ってゆくようすが解るようになった。

それでも頭髪は再び生えるだろうかと、とても不安だったことを覚えている。それからこの病院にはよくお世話になり、十二歳までは治らないと言われた彼のアレルギーも少しずつよくなっていった。
今、ふさふさの髪になにやらヘアークリームをつけて大人びた彼の頭を見るにつけ、幼い日のことが夢のように思われる。

（昭和六十一年十一月）

三月病

今日は四月二日。昨日はフィリピンで誘拐されていた日本人商社マンが、四か月半ぶりに無事解放されたというニュースが、テレビで一日中放映されていた。救出されるのを長い間じっと耐えて待っていたようだ。

私にとっても三月は、まさに過ぎてゆくのをじっと息を潜めて待っている気分なのだ。北国の三月は日脚だけは長くなるけれど、三寒四温という言葉のままに、ポカポカと上着もいらないような暖かい日が続いたと思うと、一転して雪が降り出すという具合だ。

私は付き合いがいいというのか、単にお人好しの性格がこんなところにも表われるというのだろうか。まるでこの春先のお天気にそのまま左右されるように、精神状態が不安定になるからたまらない。

初めてそれを経験したのが三年前のことだ。思いあたるちょっとした理由はあったものの、それは日常的な些細な出来事で、長女が高校入試に無事合格したというのに、まるで梅雨時のようなうっとうしさが続いた。

私は驚いて、いったいこれはどうしたことかと考えてみた。今までだって眠れない夜も、もっとショッキングな出来事もあったはずなのに。私はそんなに弱い人間ではないはずだ、といくら自身を奮い立たせようとしても、うっとうしさは動こうともしない。

じっとしていたら闇の中へ引きこまれそうで不安でならない。もしかしたらノイローゼとはこんな状態になるのではないかと思った。一人で考えると、悪い方へばかり思いは走り出し、どうにもならない。

私は目に見えない恐怖感から、友人、知人に手当り次第に電話して聞いてもらった。「それは贅沢病だよ」。大方の意見であった。もっと辛辣なものには「更年期障害じゃないの」という意見までがあった。冗談じゃない。私の精神は決して中年女ではないのだ。勝手なもので自分が困って縋りついていることを忘れて、不都合な言葉を向けられると、すぐに腹を立ててしまう。なんて手前勝手な人間だろうと情けなくなってゆく。

ところがそんな中で、私の気持ちを解ってくれる人がいた。息子の友人のお母さんで、年齢も同じくらいの時に、同じようにふさぎ虫と一緒に体調まで狂いだし、四六時中便意を催すという状態になったそうだ。彼女は病院へ行き、それは精神的なもので、やはり贅沢病だと言われたそうだ。そこで彼女は自己流の治療法を考えたという。毎日デパートへ行き、買い物をするという方法だった。そんな生活を続けながら、何とか乗り切ったという話だった。

けれどそれは彼女流のやり方であって、私が同じ方法をとったなら、お金の心配と近所の人目を気にすることになるわけで、私はやはり自分流を考えるのがいいようだと思うようになった。

不思議なもので似たような女性に出会ったというだけで、気持ちが随分楽になっていった。私はここでも私自身の弱さを見せつけられたような気持ちであった。自分だけが特別ではない、仲間がいた、ということでなぜ安心するのだろうか。

私はこの共通の病を経験した彼女と類似した点があるかどうか考えてみた。私は人と話すことさえ億劫だと思うような性格であり、一方彼女は明かるくにぎやかで、だれとでもすぐに友達になれる人である。ひとつだけ似ているのは、神経質で生真面目というところのようだ。

この時の経験から性格がかなり災いしていることが解り、三月にはちょっとしたトラブルが生じやすいということに気がついた。いつか占いに見てもらった時、私の一年の厄が三月、四月に訪れると言われた。考えてみると三月は私の生まれた月であり、生母と兄が亡くなった月でもある。二十一歳で結婚したのも三月であったことに気がつく。

今年の三月はというと、長男が高校入学直前、長女が就職と大事な出来事が二つ重なった。長女は世の中の不景気をよそに、よい職業に恵まれて、車の免許を取って卒業と同時に勤めに出た。彼女の初出勤の日が息子の公立高校の合格発表の日でもあった。自信たっぷりの彼だったが、結果は思いのほか不合格であった。

私は初めてのことに、しばらくは食欲もなく言うに言われぬいやな気分を味わった。ところがふさぎ虫の訪れはなく、長女と出かけたデパートのテレビで見かけた一人の男性歌手が目に止まった。シンガーソングライターと言われる人で普段テレビには出ない人なので、私は初めてその歌を耳にしたのだった。以来毎日その人の歌を聞いている。どうやら心を奪われたらしい。

家族にはいいかげんあきれられ、私自身が初めてのことで、いつまで続くのかと自身に興味津津といったところなのだ。私の三月病にもどうやらいろいろなかたちがありそうだ。

（昭和六十二年五月）

ある歌手との出会い

デパートの電気製品の売場を、娘と二人で歩いている時だった。

一台のテレビの前で、数人の客が立ち止まって見ている。私達もつられてそちらへ目を向けると、画面ではサングラスをした二人の男性が、ギターを抱えて歌っている。

どうやら録画放送らしく、その様子から、野外でのコンサートのようだということがわかる。とても大勢の観客が見える。

瘦せて髭を貯えたほうの歌手は、普段テレビでよく見かける、北海道旭川出身のグループで活躍している一人だった。

けれどもう一人の歌手がわからない。

オールバックにした髪はゆるやかにウェーブがあり、ごく普通に刈り上げられている。黒いズボンに黒いシャツが風に靡《なび》いている。画面はどうやら夏らしい。見ている客も涼しげな服装をしている。

どうもいつもテレビで見慣れているような、派手なスタイルではないことも、私の目に新鮮な印象として残ったようだ。

あまり若くもないらしい。

「ねえ、この人だあれ」「名前、知ってる?」

私は隣りで見ていた娘に聞いた。

「この人、井上陽水っていうんだよ」

そう言えば、そんな名前はどこかで聞いたような気がすると思った。

それからどのくらいの時間が過ぎただろうか。気がつくと周りの人は歩き始めている。

「お母ちゃん、もう終わったんだよ」

娘に促されても、私の足は容易に動こうとしない。

「もう終わったの」「まだ続きがあるんじゃないの」

未練がましく動こうとしない私を、娘は呆れたように見ている。若い彼女は、電気製品の場所にいるよりも、洋服やアクセサリーなど、見たいものが沢山あるはずだから無理もない。

すでにテレビの画面は変わっている。どうやら本当に終わったようだとやっと納得して、のろのろと歩き出した。それから私たちは予定の買い物をすませて、駐車場に戻るために、下りのエスカレーターに乗り込んだ。

けれど私の気持ちは、それとはうらはらに、さっき見た画面が気になってしょうがない。私はしばらく心の中で迷いながら、やはりこのまま家に帰る気分には、どうしてもなれず、娘に言った。

「ねえ、ちょっとレコード売場へ行かない」

「何を買うの」

「さっきの井上陽水のテープがほしいの」

「何も今すぐでなくったっていいのに」

まるで親と子が逆になったように、娘に言われても、私の気持ちは理屈では説明できない。

もう一度あの声が聞きたいという思いは、自分でもどうにもならないのだから。娘は、しようのない人ねという表情をみせて、私達はまたエスカレーターを上っていった。

目指すテープは三、四種類あり、その中で最も数の多く入っている裏表十曲入り、三千六百円のものを買い求めた。

こんな風に千円札何枚かを、無造作に出すような買い物の仕方は、最近では珍しい。

昨年家を新築し、この春は娘の就職と息子の高校進学が重なり、ずっと出費が嵩む状態が続いていた。私は自分の服や下着に至るまで、出来るだけ節約するように心がけていた。ましてや音楽のテープなど、生活必需品ではないのだから、他のものを切り詰めてまで買う必要はないのにと、理性では思うのだった。

人間がもし理性だけで行動したら、それはどんなに味気ないものだろうと、私は自己弁護するように考えてみる。

感情という厄介な精神を持っているから、この世はさまざまな事件が起き、思いがけない出会いもあるのだろう。

もし算数のように一足す一が二であり、今日の次は間違いなく明日であるように、すべてが決まっているならば、生きることの喜びはたちまち色褪せてしまうに違いない。

途中下車して、思いがけない小道を見つけたり、見知らぬ風景に出会ったり、風の匂いに胸ときめいたりという、意外なことが人生に彩りを持たせているのではないだろうか。

明日も生きているという保証はどこにもないのだから、人間は今日を、今を自身のために精一杯生きるという義務を背負っているのではないかと私は思う。

帰宅して、私は早速求めたテープを掛けてみた。するとその曲の感じはすぐには馴染まなかった。それでも毎日小間切れの時間を利用して聞き続けた。次第に私は催眠術でもかけられたように、その甘い歌声に魅了された。

（昭和六十二年六月）

ねぶた祭

青函連絡船が今年限りで姿を消すというので、この夏は船によるさまざまなツアーが組まれているようだ。

そのひとつである青森ねぶた祭に、私は友人に誘われて、娘とともに参加した。海ひとつ隔てているだけで、つい目と鼻の先にある身近な町のその名も高い祭を、私はまだ見たことがなかった。

当日この時期には珍しく気温が低く、私はトレーナーにスラックスという服装で、正午過ぎの連絡船に乗り込んだ。私たちはグリーンの婦人席を取ったので、祭専用のチャーター船にもかかわらず、とても静かな感じであった。

私たちは時折デッキに出て、カモメが波とたわむれている様子や遠くの船などの景色を眺め、もう残り少ない船旅を楽しむことが出来た。トンネルが開通するようになったら、このゆったりとした船旅の情緒はどこへ行ってしまうのだろうと悲しくなってしまう。

四時間はまたたく間に過ぎて、連絡船は通常の船着場ではない岸壁に着いた。

どんよりと曇った空は到着した青森も同様だった。添乗員の後から町へ足を踏み入れると、空模様とは関係なく、町の様子や人々の様子はすでに祭一色の雰囲気だった。私たちは沿道に作られた見物席に座って、開始時間を待った。

そのうちポツリポツリと雨が降り始め、祭は大丈夫なのだろうかと思ったのも束の間、すぐにカラリと晴れ上がり、西の空から、まるで朝日と見間違うような見事な夕日が空を染めた。その金色の美しさに思わず「ホーッ」という溜息が出た。それはさながら祭の開始の合図のようであった。

やがて待望のねぶたが私たちの前にやってきた。よく写真などで見かけるねぶたは、目の当りにすると圧巻としか言いようがない。それを引いている若者たちが沿道の両側に居並ぶ見物人に挨拶でもするかのように、道路をくねくねと回りながら、ねぶたを見せてくれる。

それは見物人は楽しいけれど、大きなものになると道路の幅ほどもあるような見事さだから、どんなに大変なことだろうと思われた。

さらに目を引くのは、ねぶたの後に続く数えきれない人々の、いきいきとした表情だ。各自が意匠を凝らした衣装で、太鼓に合わせて踊ると、その熱気が見物席の方まで伝わるのだ。私たちもついつられて、思わず身を乗り出しそうになるのだった。

参加している年齢層も幅広く、父親の背中にいる赤ちゃんから、外国人の姿も見える。特にリーゼントの若者たちが、全く真剣に祭に興じているのは見ていて気持ちがいいものだ。

受験のあり方や学校教育のあり方に、とかくの批判がある昨今、夏休みの一週間を、町をあげての行事に参加することは、どんなに意義深いことだろうか。私はすぐに息子のことを思った。彼が夏休みにこのような体験をすることが出来たらどんなにいいことかと。青森の人々はなんて恵まれていることだろう。

二時間余りは一瞬の出来事だった。私たちは祭の余韻を楽しみながら、船着場のほうへ行った。すると祭の興奮が冷めやらぬ様子で、町のほうへ出かけてゆく先ほどの若者たちが、私たちと逆方向に歩くかたちとなった。

近くで見ると浴衣のあちこちに沢山の鈴が付いている。それが体を動かすたびに音を発するわけで、何と風情のあることだろうと感心してしまう。

道端のあちこちでは、車座になって酒盛りをするグループや、太鼓に合わせて踊っている人も見える。

私たちが連絡船の見える波止場まで行くと、屋台を引いているおばさんがいる。暗がりの中で近付いていき「おばさん、何を売っているの」と聞いてみた。「アイスクリームだよ」という返事が戻ってきた。

「こんな寂しい場所で商売になるんですか」

「ここはね、いつもはアベックで一杯になるんだよ」

私たちはアイスクリームを買い、おばさんにさらに話しかけた。

「ここのねぶたはすばらしいですね」

すると、目を輝かせて言うのだ。

「いやいや、昨日や今日の祭は子供ねぶたでね。本番は後の方がいいんだよ」

「六日の夜は踊り手はこんなもんじゃないよ。道路が動くんだから。そして最後の夜は、港にねぶたを浮かべるんだよ」

おばさんはまるでわがことのように話している。私はこの時思った。青森のこういうおばさんのような人々が、ねぶた祭を過去、現在、未来へと保ちつづけてゆく原動力になっているのではないかと。

私たちは来年、祭の後半の方を参加者として楽しみたいものだと話し合った。


（昭和六十二年九月）

Nさんのこと

七飯町《ななえ》は人口二万人余り。北海道とは思えぬような温暖な気候に恵まれた緑豊かな、豊潤な文化が漂うような町である。

函館市の隣り町に位置し、町全体がなだらかな傾斜地になっているので、国道から山手に住まう人々は、夜には百万ドルと言われる函館の夜景が一望できる。

函館から国道五号線を走り、その名も高い赤松並木が続く道を七飯町中心街へ入ると、国道を山手のほうへ入ってすぐに、旧七飯中学校グラウンドがある。

その片隅に旧七飯中学校の校舎を利用して作られた、七飯町郷土資料館が建っている。

資料館といっても、館長のNさんが昭和四十三年から私設の郷土資料館として設立されて、そのままの状態で十五年続けられたものだ。

それが建物の老朽化のために、一時しのぎの場所として現在の建物に移転され、今度は私設ではなく七飯町の資料館となった。

館長のNさんは家業の農業のかたわら、農民画家という顔も持っておられる。機械化の波のなかで忘れ去られようとしている、農村の風景やそこで土を友として働く農民の姿を執拗に追いつづけている画家である。

Nさんは七飯町峠下で七代続いた農家の長男として生を受け、若い頃から絵の道を志し、一度家出をして絵の勉強のために東京へ行ったそうである。当然のなりゆきで連れ戻されたという。

やがて家業の農業を継ぎ、その合い間に絵の勉強を始めたそうだ。同時に昔からの生活用具などが次第に失われてゆくようすに気づき、たったひとりで各家庭に埋もれている文化財を蒐集し始めたということだ。

そんな若い頃の生活ぶりに、亡くなったおじいさんからいつも叱られてばかりいたという話をNさんから聞かされた。今でもおじいさんの夢を見ると、いつもおじいさんの前に正座して叱られてばかりいると笑っておられる。

蒐集した数多くの用具をNさんの家のかつての牛舎を利用して展示し、十五年という歳月を私設郷土資料館という全く個人的な方法でやってこられた。そのようすはテレビや雑誌などでも紹介されたようである。

昨年夏、本当の郷土資料館建設を最大の目的として、Nさんを中心に七飯町郷土史研究会が発足した。

第一回目の催しは「ななえの歴史と文学の散歩」ということで、山歩きの好きな私は単純に夏山に入れるというだけの理由で、友人の誘いに応じて出かけた。テキストを片手に郷土史家Nさんの解説に耳を傾けているうちに、七飯町が箱館戦争と深いかかわりを持っていることを知った。戦争に縁のある場所や墓地などを訪ねて、結構な道のりだったけれど、三十人余りの参加者全員がそれぞれ満足して有意義な一日を過ごしたようだった。

私はこのときの体験から、自身が生を受けて多分その終わりの日まで過ごすであろう郷土の歴史に、興味を持ったことがなかったことに初めて気がついた。

その後、郷土史研究会では昨年秋に行われた「七飯の歴史を訪ねて・札幌への旅」を含めて、この一月末までに六回にわたる集まりが催された。その都度一番の関心事は何といっても資料館建設という話に尽きるのだ。

その理由は児童生徒が使用できなくなった倉庫のような建物の中に陶芸教室もあり、絶えず火災の心配があるという事実だ。今年に入って行われた集まりの中で行政からの出席もあり、それによると十年計画で総合的な文化センターを考えているという話だった。もしその計画通りに事が運んだとしても、今後十年間、歴史的な貴重な用具が今のままのかたちで保存されるという保証はどこにあるというのだろうと私は思う。

Nさんが始められてから二十年という長い時間の経緯は考慮されるべきだし、資料館に集められた用具のひとつひとつは七飯町を開拓した祖先の血と汗の結晶であり、それらは七飯町の文化遺産とはいえないのだろうか。

行政のあり方は何と不可解なものだろうと思われてならない。


（昭和六十三年三月）

娘と私

娘は二十二歳になった。彼女は三年前に上京して、今春から浅草橋にある広告関係の会社に就職した。といっても初めて勤めに出たわけではない。

地元の高校を卒業した時、まだはっきりとした目標がなかった彼女は、函館市内でいくつかのチェーン店を持つ和風レストランへウェートレスとして入った。そこは私たちが時々食事に行き、従業員のしつけが行き届いていることに、関心をもっていた矢先に募集広告が出たのだ。

彼女の勤務態度はある程度の評価はされていたようだったが、どこかで満足できないようだった。自分の気持ちをストレートに示すタイプではないだけに、悶々としているのをみているのも辛く、私は以前受けていたＮＨＫ学園の文章講座を勧めた。

読書好きの彼女は一年続けて、考えるところがあったらしく、ある日こんな話を切り出した。

「お母ちゃん、私、こういう学校へ行きたいと思うんだけど」と言いながら、近年何かと話題になったリクルートが出している学校案内の中に出ている「日本ジャーナリスト専門学校」を示した。

それは高田馬場にあり、もし現実的な話となれば、離れて生活することになる。と私は一瞬思った。けれどはっきりとした目標がなかった時の彼女に、もしまた勉強したいと思ったら、歳には関係なく学校へ行ってもいいよ、と以前に言った手前、この期に及んでじたばたすることはできなかった。

学校から案内書を取り寄せると、前身は大宅壮一が興したジャーナリスト養成所であったこともわかった。作文と成績証明書を提出することになっているが、反対する理由もなく、「それじゃ、とにかくやってみようか」と一応賛成し、まあそのうちに気が変わるだろうと私は安易に考えていた。

ところが意に反して、いつの間にか学校から合格通知が届き、彼女の東京行きは本物になった。

右も左もわからない都会生活が始まることになり、まずは寮に入ることに決め、入学に合わせて彼女と二人で上京した。調布にある寮は駅から三分という場所で、道すがら緑も多く静かな町という印象を受けた。寮は古い家屋で娘の部屋は一階の和室の六畳間で、机もベッドも備えつけだった。

入学式は池袋の駅近くの公会堂で行われた。当日は朝から雨で、生徒は先に入り、私は近くの喫茶店で時間をつぶした。生徒は一階に、親は二階へと指定され、入学式は進められた。式の最後に小さな講演があり、話し手は朝日新聞の天声人語を担当しておられた、辰濃和男さんだった。

私は新聞配達を始めて七年ほどになる。そして辰濃さんの文章を毎朝歩きながら読んでいた。天声人語を担当して十二年目という最後の文章にも出会い、私は朝の楽しみがなくなったと感じた。密かな辰濃さんのファンだったのである。このようなところで実際に出会い、お話を聞けるとは夢にも思わないことだった。

長身にモスグリーンのスーツ姿であらわれた辰濃さんはお書きになる文章どおりの雰囲

気の男性で、その語り口は決して立て板に水といったふうではなく、物静かに、謙虚に、ご自分の経験などをまじえて文章を書く心構えのようなことを三十分にわたって話された。心に染み入るような内容で私は涙が出た。

入学式が終わり、生徒にはまだ話が残っていて、親は二階から降りていった。歩きながら窓の外をみると、まだ雨が降っていて、その中を今お話された辰濃さんと校長先生など三、四人の姿がみえた。その時、私は突然自分の気持ちを辰濃さんにお伝えしたいと強く思った。あわてて外へ出て近くに並んでいる喫茶店を探した。三軒目ほどでみつけることができた。私はふだん人の目をみて話すことさえ億劫に感じるような内気な人間なのに、こういう時はすっかり図々しくなり、近づいていって、北海道から出てきて新聞配達をしながら毎日記事を読ませていただいたことをしどろもどろに話した。そして今日のお話は思いがけなくとても感動しましたと伝えた。

辰濃さんは突如あらわれたぶしつけな私にきちんと立って挨拶をしてくださった。私はそのことにもとても感動した。

翌日、帰郷する私を娘は上野まで送ってきた。調布のホームで列車を待つ間、二人でベンチに腰かけた。東京の四月は北海道の初夏という陽気で、その日は風もなくあたたかだった。二言、三言彼女と話し、なにげなく彼女の顔をみあげたら彼女の愛らしい目がキラッと光った。まもなく別れるのだ、という思いは無言のうちに互いの胸を行き来していたようだ。あわてて目をそらせた。こんなところで二人で泣くわけにはいかないと思った。

上野まできてくれた彼女に「じゃあね」と言って手を振り、私はすぐに改札を通った。函館行きの列車に乗り込み、ハンカチを離すことができないまま、私はこれまでの人生を考えた。

私はこの世に生を受けて四十四年間、同じ土地で生活をしている。家つき娘で両親が手離すつもりがなかったとしても、私が家を出ていく勇気というか、意気地がなかったからだと思っている。今息子も地方の大学へ行き、二人とも離れていったことに、子供には子供の人生があるのだからと割りきった思いきりのよさと、私の知らない都会生活を経験しているのだという嫉妬と羨望の思いも胸の中にはある。けれど子供たちの変化にともなって私もいろいろな経験をさせてもらっている。

ひとつところで一生を過ごすことも、無意味なことではないのではないかと思いはじめている。

（平成三年十二月）

瑞々しい感性

日曜の朝の六時三十分に放映されているNHKテレビ「日曜インタビュー」を、このところたてつづけに見ている。

朝の新聞配達を六時過ぎに終えて、帰宅するとまもなく始まるので、私にとっては時間的にちょうど都合がいい。夫の勤めも休みだから、その後コタツの中へもぐり込み、またいっとき眠りにつく。

この番組は現在第一線で活躍している人をさまざまな分野から選んでいるらしく、インタビューが行われるのはスタジオではなく、そのつどゲストに合った場所が設定されているのも楽しみだ。

三月初めのそれは、作家の宮尾登美子さんだった。サブタイトルが「江戸の味、土佐の味」というように都内のある料亭で行われた。

インタビュアーの男性と連れだってそこの門を入るあたりから映されていて、きはだ色の和服に毛皮のふち取りがついた黒のマント風のコートという、印象的ないでたちで現われた。

話はまず食べ物のことから始まって、生まれ育った土佐ではお父様が食道楽であったこと、外で食事をする時は板前さんの味つけは無論のこと、器や盛りつけも勉強になり楽しみに出かけると言われた。

その後作家活動についてこまごまと語られたのだけれど、私が最も興味をもった言葉は「瑞々しい感受性を生涯失いたくない」と言われたことだ。

具体的な例として、エジプトに旅行した時、夕焼けを見て滂沱《ぼうだ》と涙が流れたそうだ。私は旅行とは縁のない人生を過ごしてきて、もちろんエジプトの夕焼けを想像することさえできないけれど、私よりはるかに年上の作家という肩書きを持つ女性が、とにかく夕焼けをみて激しく泣いたという事実に驚喜した。

こういうことで泣いてもいいのだと私は心の中で幾度もつぶやいた。かたちは変わっていても、このような経験を私はこれまでに何度くり返したことだろう。二人の子供の誕生に始まり、小学校の学芸会、運動会で走っている姿を見てさえ涙がふいにポロポロこぼれた。特に何度かの卒業式では式の始まるあたりから、もうハンカチを離すことができない。エジプトの夕焼けに勝るとも劣らぬ気分になってゆく。けれど、そのなかで周囲のお母さんたちの様子を窺うとどうも違う。ほとんどだれも泣いてはいない。こんな調子だから娘にはよく「お母ちゃん、また泣いている」とあきれたように言われた。大勢の中で一人だけ代表しているように泣くという行為は、私としても何とも気恥ずかしく困ったものだと長い間考えていたけれど、どうすることもできない。

宮尾登美子さんのひとことで私は気分がとても楽になったようだ。自分の感情の自然の発露を恥じることはないのだ、と納得した。

（平成四年四月）

自動車教習所にて

「坂本さん、やめた方がいいようだねぇ」

一時間の実習を終えると、ぐったり疲れた様子の先生の口から出た言葉だった。無理もない。一緒に入った他の三人の生徒は教習所のコースの中を円を描きながら悠々と走っているのに、私といえば、ただ車を前後に動かすだけのことを一時間続けたのだから。

前へと言われればアクセルを力一杯踏み込み、間もなくブレーキも同じように力を入れるので、先生と私はその都度上半身が大きく揺れ、前のめりになる。ハンドルを握る手は汗でびっしょりと濡れ、自分が操作することで車が動くということが信じられず、恐ろしくて何も考えることができない。

よく鞭打ち症にならなかったものだと今になって思う。これではいかに職業といえども、先生も途方に暮れたことだろう。

これは、十四年前の自動車教習所での第二日目の出来事である。当時私は三十一歳、自転車に乗ることすらできなかった。せめて自転車には乗れなければと思い、その時小学校三年の娘のを借りて練習した。三日ほどで、何とか漕げるようになった。自転車に乗れるようになったのだから車も何とかなるだろうと、多少自惚れて行ったのが大間違い。

実は「坂本さん、やめた方がいいようだねぇ」という言葉は、先生の口から三日続けて言われたのだった。でも私は何日言われようとやめるつもりは毛頭なかった。

私の真の目的は車を動かすことではなく、長いこと抱え込んでいた悩みごとを解決するための手段として、私に最も不適当と考えられることを選んだのだから。

私は二十七歳で生母の臨終に立ち会い、そこで初めて二人の兄と二人の姉とに会った。私が長い間どんなに憧れ続けたかわからない肉親との出会いである。けれど、そこで一人空想していた憧れと現実との間に大きなギャップがあることを私はすぐに知らされた。どうも私の気持ちは、平行線だったらしいと気づいた。共に生活したという思い出がひとつもないのだから、まず話が何もない。私は憧れた気持ちの持って行き場所がわからなくて閉口した。自分の気持ちを引き戻さなくてはと私は自身に言いきかせた。けれど人間の気持ちは機械ではない。すぐに直しはきかない。悶々とする日が続き、私はそのことに耐えられなかった。そして選んだ教習所通いだった。

私は三か月目に免許証を手にした。私が手に入れたのは免許証だけではなく、悩んだ分だけ他の生徒よりもいろいろな経験をさせてもらった。そして私は自分の気持ちを深い井戸の底を覗くようにしてみた。あの悩みはどうなっただろうか。それは依然として、私の胸の中に居座ったままだった。でも私は納得した。これは時間をかけなければ解決しない問題なのだと悟った。

（平成四年八月）

上京雑感

三月下旬、娘の休暇に合わせて上京した。

車窓からは途中まだ雪景色の残るところもあったけれども、その日の東京はあまり風もなく、立ち寄った上野公園では春の陽差しを受けて、ちらほらとソメイヨシノが開き始めていた。それは、日本列島を南下したのだと実感した一瞬である。

迎えにきてくれた娘とともに、デパートで遅い昼食をとり、総武線に乗り込んだ。

子供たちの部屋は、総武沿線の原木《ばらき》中山にある。三年前息子が千葉の大学に入った当時、娘は高田馬場にある専門学校に通っていて、一年で寮を出なければならず、二人の学校の中間にある街を選んだ。

築十数年という少々古びたマンションながら駅に隣接していて、四階の部屋の隣がエレベーターである。雨が降っても傘の心配もいらない場所です、という不動産屋の言葉どおり、便利という点ではこれ以上のところはない。

二人の入学や息子の入院などもあって、私も毎年のように上京している。早くて頻繁に行き来する都会の電車からは、相も変わらぬビルの林立とベランダにはためく洗濯物と、スモッグと排気ガスしか知らないような灰色の空が続くばかりだ。朝夕の通勤の折に娘の目は、毎日毎日この風景を見ているのだろうかと、かたわらにいる彼女がかわいそうになる。

電車の中は、学生は元気よく見えるけれど、サラリーマンはおしなべて疲れている様子だ。私の隣の中年男性は居眠りの度に、頭が肩に触れてくる。よほど疲れているのだろう、次第に体全体でよりかかってくる。娘の顔を見て苦笑いすると、小声で「お母ちゃん、押してやれば」と言う。そうねえ、と言いながらも、その男性が何だか気の毒になる。もし息子が仕事で疲れて同じ状態になったら、と思うと少しの間そっとしておこうと思った。

これは電車の中で偶然隣り合わせた人に対する親切心などではなく、息子を持つ母親の単純なるエゴからの発想に違いないのだ。

私はとても愚かな人間で、去年成人した息子のことを思うと、彼もいつかは家庭を持ち家族のために働くのだと、男の人生について考えるようになった。男は一歩外に出ると、頼る相手などいない。大変なのだと初めて考えるようになった。この時、父や夫もまた同じように苦労してきたのだと思い至った。

私もこの春で四十八歳になった。四十にして惑わず、という言葉があるけれども、私は現在に至るまで、きちんとした勤めについたこともなく、家つき娘の特権をフルに活用して、わがままな日常を送ってきた。子供たちのように都会生活の経験もない。井の中の蛙を絵に描いたような人間である。他の人よりどんなにか足りない部分があり、周囲の人々にどんなに迷惑をかけていることだろう。上京一日目の、にわか反省の弁である。


（平成五年六月）

コーヒーを飲みながら

宮前町の表通りから、一寸それた場所にYコーヒー店がある。お店の前に、今ではあまり目にすることのない、木の電柱にやはり木の看板で店の名前が示されている。お店の内も外も木造で、表面はこれからの季節にマッチしたように、黄色と茶色のペンキが塗られている。

木の取っ手のついたドアを開けると、カウンター席が一列に並び、一段下がった所にテーブル席がある。私はカウンターでお店の主人と向き合うように座るのは、とてもできない。目のやり場に困るという思いがするのだ。たとえ何度か行って顔見知りになっても、何を話したらいいのかわからない。ひと言かふた言は言えても、話がとぎれたらどうしようと心配になってしまいそうだ。

口べたは確かなのだけれど、カウンター席で店主と何気なく話している人を見ると、私はただ感心してしまう。他のお客にも聞こえているのに、そんなことは少しも気にしないで話すというのは、私にはとてもできないことだ。

そんなわけで私はテーブル席にいつも座る。

目を少し上へ向けると、ここにも懐かしい物がある。照明器具が現代のものではないのだ。昔、私の育った家がそうだったように、電気の茶色の配線が二本並んで壁を伝っている。そして昔ながらの電球に、あの白い傘にも見覚えがある。

こんな雰囲気の中でのコーヒーがまたおいしい。おまけにかぼちゃのケーキや、最近ではメニューに焼菓子というのがあった。

ママに「これは何ですか」と聞くと、ふすまのようなものです、クッキーです、と言う。食いしん坊の私はすぐに注文した。添加物の入らないこのクッキーは、コーヒーにぴったりで、まさに自然の味がした。

ケーキがおいしいのでママの手作りかなと思って聞くと、ここにあるものはぜーんぶ、と大きく手を広げて見せた。だんなさんが作るのですか、と私が言うと、ママはうれしそうに「そう」とうなずいた。

メインの話が最後になった。

実は夫の手作りの味に満足しているママは、私が中学から高校へと通ったミッションスクールでの同級生なのだ。学生時代、彼女はとても優秀で、生徒会の副会長をしていたように記憶する。そして体操部でも活躍していたので、私のような落ちこぼれの生徒としては、遠くから羨望の的として見ていたから、無論話をしたこともない。

もっとも彼女が優秀だからという理由だからではなく、原因は私の方にあり、もう五十近い中年のおばさんになった現在でも、私はたやすく人と話すことができないのだから。

カウンターの中にいて、お客と何気なく話している彼女の表情をチラッと見やったりすると、とても自然で、おもかげが昔のままで、何てステキな女性として年齢を重ねたのだろうと、みとれてしまう。そしてその時そばにいる連れに、自分のことのように彼女を自慢してしまう。彼女に限らず、十代の時に何年か同じ時間を共有した人に出会うことは、懐かしくてしようがない。

（平成七年十月）

みかちゃん

父が亡くなって十二年になる。

翌年、父の言葉どおりに新しい家ができ、父が入る仏壇も新しくなった。

その時から、私はみかちゃんを犬やうさぎのぬいぐるみなどと一緒に仏壇の脇に置いた。

みかちゃんとは、顔と手足がゴム製で、胴体が布でできている、ちょっとした赤子ほどもあろうかという座り人形である。晩年の父が、よくソファに並んで腰掛け、「みかちゃん」などと話しかけていたのを覚えている。

私には父が大事にした人形ということだけではなく、健康上の理由から、産むことのできなかった、三番目の子供という気持ちがいつからか芽ばえていたようだ。みかちゃんには、小さな座ぶとんと、赤いくつ下を買い求め、季節に応じて、洋服を取り替えていた。それらは娘が幼い頃に着ていたもので、手作りのスカートやセーターなどもある。

この春、二十八歳になった娘が、成人を迎えた頃、よく仏壇の掃除をする彼女に、みかちゃんのいきさつを話した。すると彼女は少しも驚いたようすがなく、たぶんそうだと思っていたわ、と言う。

以来、娘はみかちゃんの顔や手もふいてやったりして、なおいっそう二人の親密さが増したように見受けられた。

この冬、娘は編み物を始めた。それはみかちゃんの帽子とマフラーだった。そして彼女が子供の時に持っていた小さな人形にも、同じように帽子とマフラーを編んでやった。

それからずっと、かたわらに小さな人形を置いて、みかちゃんは居間のソファに座っている。元の場所へ連れていこうとしない。

「みかちゃんを向こうへ連れていかないの」と私は聞いた。

「そう。寒いからね」と彼女は何気なく答えた。私はこの短い返事にたいそう驚いた。

そして心の中で何度もつぶやいてみた。

（寒いからね、寒いからね、寒いからね）と。

仏壇の脇のみかちゃんの居場所は、十畳の和室で、普段は使っていない部屋で、もちろん暖房もない。この時季は寒い。あたりまえのことだと私は思った。

でも、私はみかちゃんが寒いから、居間のソファに座らせようと考えたことはなかった。

彼女のその気持ちはどこからやってくるのだろうか？

私はふと、もう二十年余り前に、私と娘に持ちあがった夏の夜のできごとを思った。

当時、彼女は幼稚園に通っていたから、四歳か五歳、三つ違いの弟は寝相が悪く、絶えずふとんをけっとばすので、二段ベッドの上に娘が寝て、下に私と息子が寝ていた。

ベッドは窓際にあり、床までの大きなガラス戸が入っていた。その夜は蒸し暑く、娘は寝返りを打っているうちに、どうやらベッドから落ちてガラスを割ったらしい。この不確かな言い方は、何しろ真夜中のことで、ぼんやり覚えているのは、ふいにガラスの割れる音と同時に、無意識に私が差し出した腕の中に娘が落ちてきたことだった。

現実は一度にやってきた。

暗やみの中で、ことの重大さに私はただ驚いた。大きなガラスはメチャメチャに割れ、もしそのまま外に放り出されていたら、そこには大きな平たい石があったのだから、一歩間違うと彼女の命はなかったはずだ。

当の本人はそのまま眠っていて、朝になって話しても気がつかなかったという。おかしなことに、すぐ隣りの部屋に寝ていた夫も、両親も何も知らずにいたのだった。それればかりか、娘にかすり傷もなかったということで、だれも重大なこととして受け止めていないらしい。

私は自分の腕が娘を抱え込んだことを、母が娘を思う気持ちからだとは思っていない。まあ、全くないということもないかもしれない。でも私は、その時、何かの力を感じた。私の場合、身近な先祖と考えている時、思い浮かんだのは、この世で私とは縁のなかった生母のことだった。

生母と母娘として対面したのは、もう意識がなく、生母がこの世を後にしようという時だった。その時、生母の眼から一粒の涙が見えた。ああ、来てよかった。私たちの気持ちが通じたと、私は感じた。

私が生母を身近に思ったのは、二度目だった。


（平成九年三月）

第二部

北の街にて

私の新聞投稿より

函館にもぜひほしい美術館

過日、函館の大手スーパーで開催された「山下清展」を見た。ファンの私は日曜日に子供たちを連れて出かけた。会場には、少年時代から晩年に至るまでの作品が年代順に並べられていて、絵画の才能の萌芽がはっきり感じられた。私はヨーロッパ旅行後の一連の作品群に目を奪われ、時を忘れた。

ただ残念だったのは日曜のせいもあって、入場者が多く騒々しい雰囲気であったことだ。私は絵が好きということだけではなく、画廊の雰囲気が好きで時々でかける。けれど函館には美術館がないためにまず駐車場の心配からしなければならない。歴史のある文化都市函館に美術館がほしいものだ。美術館がないのは歯のかけたゲタのようだと思うのは私だけだろうか。

（昭和五十八年七月）

トンボ飛ばぬ空の寂しさ

畑仕事をしていると、時折一匹、二匹とトンボに出合うことがあり、つい珍しくその行方を目で追ってしまう。なぜそうするかというと、それほど、私の住む町でもトンボが少なくなったからだ。

「お母ちゃんが子供の時には電線が見えなくなるほどトンボがいたよ」と私はよく子供たちに話す。すると「耳にタコができるほどきいたよ」という答えが返ってくる。子供たちに話すというよりも、なぜトンボがいなくなったのかという寂しさが私自身に問いかけているのかもしれない。

そして、トンボと同時に私の子供時代の車のない道路をとてもなつかしく思い出す。車のない道はアスファルトではなく、自然の土であり、家も少なく、とても自然な町だったという記憶がある。

たかだか三十六歳の私が、子供時代のことがまるで遠い昔の出来事のように、はるかな思い出になってしまったのはなぜだろうか。文化ということは、自然であることが知らない間に少しずつ失われてしまうことなのだろうか。こんな寂しいことはないと、トンボの飛ばない空を見上げて、私は子供のように今日も同じ思いなのだ。

（昭和五十八年八月）

三岸好太郎の存在感

この夏休み、私は子供たちとともに札幌を訪れた。動物園、植物園、その他見たい場所はいろいろあったけれど、私が何より子供たちに見てもらいたいと思ったのは「三岸好太郎美術館」であった。楽しみは後にと思い、まず「道立近代美術館」を見て、隣接する知事公館の中にあるその場所へと足を進めた。

よく整備された、小川の流れる美しい庭をゆくと緑の中に白亜の館が見える。私は次第に高なる胸を抑えて入ってゆくと、見慣れた絵が並び、さらに二階へと上ってゆくと「のんびり貝」「オーケストラ」「コンポジションｂ」等私の好きな作品が置かれていた。好太郎が生前考えていたアトリエに似せたと言われるように、絵と作者と建物が一体となって見る者に不思議な感慨を起こさせるような雰囲気があった。まるで好太郎自身がいま絵筆を置いて二階から降りてくる足音がきこえてきそうな錯覚を起こすほどであった。

アスファルトの道を歩き回り、足は棒のように疲れたけれど、美しい町並みと、「好太郎美術館」が子供たちの心に残る思い出となってくれればいいなと思った短い札幌でのひとときだった。

（昭和五十八年八月）

トマトを食べて健康の手ごたえ

つい昨日までは、うだるような暑さにうんざりし、温度計を見てはため息をついていたのに、野を渡る風はもうはっきりと秋の気配を漂わせている。

家の畑の隅にある六十本余りのトマトがようやく色づき始め、三度の食卓に姿を見せるようになった。やはり天候の影響を受けたのか、小さく青い実のうちに中心から黒くなって腐ってゆくものが多く、例年のように真っ赤になったトマトが鈴なりになるというぐあいにはゆかなかったようだ。

それでも私は、自然の恵みを受けて真っ赤に色づくトマトを見ると、思わずほほ笑みたくなるほどうれしくなってしまう。トマトの時期には、医者はいらないとか言われているそうで、生来胃腸が人並みとはいえない私は、この何年かこの時期を待ち構え、まるで主食のように食べ、体によいと思うせいか飽きるということがない。鳥や動物の好むものを食べていると病気にはならないそうで、トマトを食べているこの期間、なるほどと思う。

（昭和五十八年八月）

まきストーブ

本格的な冬に入るまでの短い間だけれど、私はまきストーブがとても気に入っている。燃え始めたとたんに部屋中に広がるフワッとした暖かさと、まきが真っ赤に燃えている様子は、あたかも一つの芸術品に出会ったような風情があり、よくストーブの戸を開けたまま見入ってしまうことがある。

また、パチパチというまきのはぜる音を聞いていると、単に体に感じる暖かさだけでなく、心までぬくもるような、ほのぼのとした何かが身内からわき上がってくる気がする。もう畑仕事も少なくなり、このストーブのそばで読書したり手紙を書いたり、と私にとっては楽しい時間がやってくる……。


（昭和五十八年十一月）

「文章教室」の楽しみと怠惰

私は北海道新聞日曜版に連載中の「私の文章教室」をとても楽しみに読んでいる。新聞記者出身の塩田丸男さんの文章であることも興味深い要因のひとつ。一回目の一行目から私にとって耳の痛いことであった。「習うより慣れろ」という短い言葉である。

私の娘は現在中学三年で彼女の意志にかかわりなく「受験」という重荷が細い肩にかかっている。母の私は中学、高校と進むミッションスクールであったため「受験」の苦労を知らなかった。娘が受験勉強を始める時には、私も勉強しようと思ったがなかなかだ。書くことで自らを表現できれば、これほど幸いなことはないと少しずつ物を書くようにした。塩田さんの文章の中に「新聞記事は今の世の中でもっとも大勢の人の目に触れる文章です」とある。私自身もそう思い、年齢、職業、性別を問わずに新聞に参加できる「読者の声」に投稿を始めた。しかし私は私の最大の敵「怠惰」と付き合う羽目となり、娘に「勉強」という言葉を言えない毎日である。

（昭和五十八年十月）

つるべ落としに晩秋の季節実感

十一月に入ってわが家の畑仕事も一段落し、母と私は例年のように、町内にある知人の家へリンゴの摘み取り作業にでかけている。たわわに実った赤いリンゴは秋の日を受けて美しいけれど、春から晩秋に至るまでの長いさまざまな作業過程を思うとき、ただみとれてはいられないなという気がしてくる。取り入れ作業ひとつを取ってみても、一日中はしごを昇り降りし、かごいっぱいに入れたリンゴを一輪車で運び、さらに箱づめにして倉庫へ入れるという過程になっている。

私はこの仕事の中でひとつの美しい日本語を思い出していた。それはつるべ落としという、短い晩秋にピッタリの言葉である。変わりやすい秋の空を気づかいながら仕事をしていると、午後三時を回るころから急に肌寒く感じられ、うかうかしていると本当にストンとつるべが落ちるように、まるでその音が聞こえるように、太陽が西の空へと消えてゆく。

自然の中で自然と一体となって行う仕事の中から、美しい日本語とはっきりとした四季が肌で感じられる。よい環境に恵まれた幸せを思う。短い晩秋のひとときが過ぎてゆく。

（昭和五十八年十一月）

運河の歴史は生活の歴史

私は三年ほど前に、運河が見たくて子供たちとともに小樽の街を訪れたことがある。坂の多い、古い建物が似合う歴史のある街並みにひかれて、坂の道を行ったり来たりして、やがて運河へと足を向けた。

　どんよりと濁った水は汚水のたまり場のようでがっかりしたけれど、その中に漂う朽ち欠けた船と、居並ぶ倉庫群にしばし見とれた。やはり絵になる風景がそこにはあった。そしてクイ打ちが行われた現在も、惜しむ声が後を断たないのはなぜだろうかと私は思う。石造りの倉庫群には、かつての繁栄ぶりを想像するに難くない。多分運河の歴史は、ここに住む人々の生活の歴史そのものではないのだろうか。

　この運河にクイを打つという行為はこの街に住む人々の心に同様のことをすることを意味するのではないだろうか。水は天の恵みであり、一度失った自然は決して取り戻すことはできないのにと、多喜二や啄木が愛した小樽の風景を思い出しながら最近気になってならないことである。


（昭和五十八年十一月）

けがした息子

わが家の六年になる息子が、学校で休み時間にサッカーをしていてけがをしてきた。ギプスをはめてから一週間は家のソファから布団への移動のみで過ごし、骨の付きもよかったようで二週間目からは通学の許可が出た。けれど松葉づえで彼が学校でうまくやってゆけるだろうかと、とても不安であった。

その朝担任の先生との打ち合わせ通り、玄関の込み合う時間を避けて車が学校へ近づくと、グラウンドまで級友たちが迎えにきてくれて、玄関に着くと先生までお迎えに。彼が車から降りるとカバンを持ってくれる人、足元を注意してくれる人、前になり後ろになって彼は級友たちに囲まれ教室へと入って行った。案ずるより生むがやすしとはこのことだなと私は思った。

家にいた一週間の間にも先生が訪ねてくださり、入り代わり立ち代わりに大勢の友達が立ち寄ってくれて、彼はそれほど退屈もしないで過ごすことができた。こんな恵まれた環境の陰には、担任の先生の細かな配慮がなされていて、よい先生とよい級友に囲まれて息子は幸福だとつくづく思った。小学校最後の時を迎えて、思わぬアクシデントであったけれど、災い転じて福となるというたとえ通り、けがによって多くの温かい心に触れて、とてもよい経験をしたのではないかと思っている。

あと十日ほどでギプスは取れる。息子に寄せられた温かい心に感謝の気持ちでいっぱいである。

（昭和五十八年十二月）

改めて知った自然の美しさ

新しい年を無事に迎えた元日の夕暮れ、私は愛犬ボクと久しぶりに散歩に出た。冬を迎える前までは、よく自転車で行った道で、渡島平野を両側に隣の町へとつづく、川があって草ぶき屋根が点在する農道である。十一月末から息子のけがと私の腰痛というおまけつきまでがあって、この通い慣れた散歩道に冬がどんな装いで訪れたのか、私は知らずに新しい年を迎えてしまった。

久しぶりに訪れてみると、見慣れた木立は寒風の中で自らを保ちつづけ、それは耐えているのではなく、自然のままに呼吸を合わせているといった様子であった。やはり北の街は雪に覆われたこの季節が、最も自然がもっている本来の美しさ、厳しさを如実に語ってくれそうにみえる。そして私はぬくぬくとしたストーブのそばでテレビを見て、無為に過ごしてしまう時間の多さにふいに気づかされる。

私はこの地に生まれ、この地で育ち、この先の長い時間も多分この地を動くことはあるまいと思う。私の怠惰な性情を無言で指摘してくれる、この美しい、厳しい北の自然が、いつまでも変わらずにいてほしいとひたすら思う新しい年の初めであった。


（昭和五十九年一月）

飾り皿にしたためた川柳

函館川柳社花園句座の十周年を記念する新春川柳大会が、一月二十二日、花園町会館で三十人の会員が参加して開かれた。

会員は、それぞれの作品を飾り皿に書き込み、大広間の周りにズラリと並べ、優秀作品を互選した。会員は、やはりベテランの年配者が多いが、中には若い主婦たちの姿も見られた。余暇を利用して、手軽にとり組める川柳は、最近、若い人や主婦たちの人気を集めてきているという。この日、札幌からかけつけた北海道新聞川柳選者の塩見一釜さんは「函館の川柳のレベルは、道内のトップクラス。今後も精進を続けてほしい」と話していた。

優秀作品表彰のあと祝賀会に入り、のど自慢やかるた大会などで楽しんだ。

三位までの作品は次の通り。
①たまさかの和服言葉もあらたまり　吉田　一笑
②運命の出会いがあった途中下車　坂本　久美
③足元を狙われている有頂天　福島　凡蝶

（昭和五十九年一月）

三十年前の小学生

過日小学校三年の時のクラス会が行われた。当時の担任の先生が、たまたま来町されていたということで、急な話であり当初わずかな人数で行われる予定が、町内とその近辺に居住する人たちで予想外の集まりであった。

指折り数えてみればもはや三十年近い歳月が流れようとしていた。人と話すことが苦手な私は、人の集まる所を極力避けて通りたい人間で、出席しようかどうかと迷ったけれど、せっかく声をかけてもらったということと、三十年の歳月がクラスメートにどんな変化をもたらしただろうという好奇心には勝てずに出かけていった。

かつて若く美しいという印象が強かった先生は、当時の面影がそのまま残っていたが、次々に現れる生徒は見事に中年の男女に変わっていた。会ってひと目でわかる人、なかなか思い出せない人等さまざまであった。けれど時間がたつに従って、ほとんどの人がちゃん付けで済んでしまう雰囲気の中で、またたく間に三十年前の気分に駆け戻ってしまった。

（昭和五十九年一月）

期待にたがわぬ農民画家の絵

過日、私は同じ町内に住む川柳仲間のKさんとともにやはり同じ町内で私設の郷土資料館を営む農民画家Nさんの個展を見に出かけた。農民画家というNさんの絵とNさん自身に以前から関心のあった私は、期待と不安の入りまじった気持ちを抱えて函館のIギャラリーへと向かった。

そこでは私の想像どおりの絵が並べられていた。見なれた山々や風景、農民の姿などが何の気取りもなく、ありのままのかたちを持ってそこにあった。作者のNさんは、二、三人の人たちと話されていた。私は絵をひと通り拝見した後で、Kさんの友人であるNさんを紹介された。

そこで私たちは少し話し始めたのだけれど、その中でNさんはとても興味深いことを言われたのである。「畑仕事というのは自然の中での作業であり神の位置に近いのだ」と。

私自身も農作業をするのでNさんの言われたことはそのまま受け入れることができた。自然は神の恵みであり人間の作り出したものではないのだから。

私は絵が何であるかをあるかを全く知らない。けれど感じる心だけは持ち合わせているのではないかと自負している。Nさんの絵が私の心に語りかける何かを見たように思った。いつしか、私は漁の合間に雨の中をスケッチブックを抱えて走ってゆく木田金次郎をオーバーラップさせていた。

（昭和五十九年二月）

小学校を巣立つ子

わが家の息子がまもなく六年間の小学校生活にピリオドを打とうとしている。過ぎてしまえば一瞬の出来事であったような気がする。長くて短かったその時間を今思い返している。

かつて私がそうであったように、息子も私と同じ家から同じ道を通って六年を過ごした。

校庭には春になるとふじ棚にうす紫の見事な花房が垂れ始め、それが六月の運動会の時にはいつも満開であったことを思い出す。さらに秋には校門を入ってすぐに真っ赤なドウダンツツジが子供たちを見守り、玄関のそばの庭には、樹齢何十年になるだろうと思われる美しいイチョウがハラハラと黄色い葉を落とし、秋が深まるにつれてすばらしい黄色のじゅうたんが出来上がっていた。

このイチョウは私と息子と二代にわたってその姿を見せてくれた思い出に残る木となった。彼はいつの間にか足は私より大きくなり、身長も追い越されそうである。欠点だらけの愚かな母のそばで、母が子を導くのではなく、こちらが学ぶことの方がずっと多かったのではないかと思われる十二年の歳月であった。

彼はまもなく中学生となる。もう背丈は負けてしまうけれど、成長しなければという気持ちだけは負けられないと思っている。

（昭和五十九年三月）

遅い春の山菜採り

畑仕事の合間に三度ほど山菜採りに出かけた。平地で春が遅く作物に影響が出ているように、初めて訪れた時はまだ雪が残っていたが山はようやく冬眠を終えたといった状態、それでも昨年と同様、ギョウジャニンニク、アズキナ、コゴミ、ゼンマイなどが落葉を栄養とし、まるで約束したかのように、見つけることができた。

山菜採りは私にとって新緑に覆われた自然に包まれる楽しみと、一年間待ってやっと出会う本物の旬《しゅん》の味を知り食べる楽しみとがある。ビニールハウスが一般化し、店頭に並ぶ野菜も果物もいまでは、いつが旬なのか考えなければほとんどわからない。子供たちは四季のはっきりしたこの国でいつ何が出来るのか知っているのだろうか。

花鳥風月を愛《め》でる心は、現実の生活のテンポにはもう合わなくなってしまったのだろうか。そんな中で、化学肥料や農薬などと無縁で、ただ自然の恵みのみで育つ山菜を口にすることは、とてもぜいたくな出来事のように思えてならない。これからフキ、タケノコ、ウドなどもうしばらくの楽しみが待っている。私にとってまるで一年ぶりに出会う恋人のよう。心弾む時間である。

（昭和五十九年五月）

恵まれた環境で働く喜びを満喫

農閑期となった私は、森町のある水産会社で日雇い労働者として働いている。まだ日は浅いけれど、仕事にも慣れ肩の力が抜けてきたような気がする。毎朝七時に迎えの車に乗って、町内の主婦数人とともに森町まで通う。国道五号線を走りトンネルを抜けると、駒ヶ岳が朝の冷気を含んでスマートな姿をみせてくれる。

仕事をしてみて驚いたことは、雇い主つまり社長が下働きのようなこともし、従業員に対しても決して命令調でものを言わない。さらには十八年も日雇いとしてこの会社に勤めているというO町の年配の婦人も全く同じような態度、私のような半人前の仕事しかできない者にもていねいな物言いをする。

一緒に通っている同じ町内の一人の婦人からはチームワークの大切さと、楽しく仕事をすることを教わった。十数人がともに仕事をする一日の生活のなかで、荒々しい声が聞こえたこともなく笑い声の絶えない楽しい時間を過ごさせてもらっている。父が亡くなった寂しい年の終わりに、恵まれた環境で働かせてもらうことに心から感謝したいと思う。

（昭和五十九年十二月）

娘の受験

朝、夫が出勤し子供たちが登校した後、私は家の中の雑事をしながら、耳はＦＭ放送へと集中している。

これが私の日課なのだけれど、冬休みの間は自由にならず、全く久びさに私らしい時間を取り戻したという感が強い。

雑事を終えた後、窓から雪景色を見ながら、空ゆく雲に話しかけながら、音楽に耳を傾けている状態は、何ものにも代えがたい贅沢なひとときである。こう書いてみると我ながら何と優雅な生活を送っている人間なのだろうと思えてくる。

けれど私の娘は受験期にあり、すぐ目の前にその時が迫っている。成績はというと愚かな母と同じように芳しくない。

それでもわが身の学校時代を振り返ってみると、勉強をしたという記憶はほとんどなく、図書館へ通いつめて乱読していたという状態だから、娘に向かって「勉強しなさい」などと偉そうなことを言える道理がない。そのうえ悪いことには、言えないばかりでなく、受験そのものに私が真剣になれないのである。

とは言っても、もちろん投げやりな気持ちではないけれど、本当はもっと娘に集中すべきではないのだろうかと自分の気持ちを考えてみるのだけれど、どうしてもそうはなれない愚かな母なのである。

なぜ娘に集中できないのかと、さらに自分の心に問いかけてみると、自身にとって生きることはどういうことなのかを、私は今になって考え始めたようなのである。

五年前から始まった川柳、もっともこれも熱心に取り組んだのは初めの二年くらいなのだけれど、川柳と同時に私には二度目の読書という厄介な恋人が現れた。自身の生きることの意味を何よりも優先するようになった原因はどうやらこの辺りにありそうである。

夫と二人の子がいて、これは決してよい精神状態ではないと思いながら、もう引き返すことはできないのではないかと思われてならない。

（昭和五十九年十二月）

新聞配達

私が新聞配達を始めて三か月ほどになる。以前から一度はやってみたいなと思いながら、人が寝ているうちから起きて、果たして続けられるだろうかと不安だった。けれど思い切って始めてみると、仲間は中学生から、主婦、年配の人まで広い年齢層にわたり、販売所に集まると結構楽しい。

雪が降り始めてから、それまでの自転車からソリに変わり、朝、夕一定の時間歩くので生活がリズミカルになり、体調もよくなって、その上に給料がもらえるのだから一挙両得とはこういうことだなと思う。

この販売所の所長は独身で二十六歳と聞く。お父様からバトンタッチされたようで、年齢からいっても所長業がそれほど長いとは思われない。

私が驚いたのは、配達員が現れるたびに「ご苦労さん」と必ず声を掛ける。手を動かしながら、各自にさりげない話をされる。ある時、私が寝坊してあわてて配達していると、後ろからジープで来て手伝ってくださり、とても恐縮してしまった。

年齢がひと回りも違うので、最初はお兄さんとか名字で読んでいたけれど、今では尊敬の気持ちを込めて「所長」と呼ばせていただいている。


（昭和六十一年一月）

母娘で習う詩吟

朝、夫と子供たちを送り出した後、掃除をしていると母のいつもの声が聞こえる。

母娘で去年から始めた詩吟の練習である。家が新しくなり、音の響きがよくなって、声を聴いていると、とても六十八歳とは思えないほど若々しいツヤがある。母は長い間詩吟にあこがれを抱いていたらしく、たまたま私の知人が詩吟の先生だったことから、母娘で同じ趣味を持つのもいいのではないかと思い始めたのだ。私の方は詩吟を全く知らず、単なるやじ馬根性の域だった。

ところが、始めてみるとなかなか難しく、思うように声もでないという状態が続き、そうなると面白さもあって、昭和六十年秋には初段を受けてなんとかパスすることができた。今では週一度の練習が待ち遠しい。先生はご夫婦で師範の資格を持っておられ、里子を何人も育てた経験もお持ちで、現在も育てておられる。

私は先生から詩吟だけではなく、有形、無形のよい影響を受けているように思う。六十七歳で詩吟に挑戦した母はとても熱心で、老人クラブの集まりなどでよく披露しているようだ。私も見習って、もっと真剣にならなければと思っている。春には準二段を受ける予定である。

（昭和六十一年二月）

雪まつりでの函館女性の親切

二月八日、私は母と知人とともに国鉄青函局主催のさっぽろ雪まつりツアーに参加した。夜行に乗って朝、札幌に着き、すぐに真駒内の会場を見て、その帰りの地下鉄の中で、連れが隣り合わせた女性と話したのがきっかけとなって、その後、大通会場をガイドしていただくこととなった。

その女性は函館からお嬢さんとその友人と三人でバスのツアーでいらしたとのこと。札幌生まれの札幌育ちと伺った。専用のガイドさんのようにとても丁寧に案内していただき、その方のカメラで写真まで撮っていただいた。

その方は手話のボランティアをしておられる、という。そのお話から、ただゆきずりの者になぜこんなにも親切なのかという理由が初めて分かったように思った。

身体の不自由な人の日常のお手伝いをしていると、豊かな人間性が自然に身についていくのだろう、ということが、その女性から感じられた。

写真を送ってくださるそうで、こちらの住所のみをお知らせして、お名前も聞かずに別れてしまったことをとても後悔している。

私の好きな街・札幌で美しい雪像を見、親切な女性のご厚意に感激した一日だった。

(昭和六十一年二月)

七飯町の歴史の跡たどる

過日、渡島管内七飯町の郷土史研究会による第一回「ななえの歴史と文学の散歩」に参加した。山歩きの好きな私は、夏山に入れるという単純な理由で知人の誘いに応じ、出かけた。

集合場所の峠下小学校へ行くと、子供連れのお母さんから、つえを手にした年配のご婦人まで三十人余りの人たちがいた。あいさつに続き、峠下在住の郷土史家、長川清悦さんの案内で私たちは歩き始めた。

テキストを片手に長川さんの解説に耳を傾けているうちに、七飯町が箱館戦争と深いかかかわりを持っていたことが分かった。戦争に縁のある場所や墓などを訪ねて、結構な道のりだったけれど、参加者全員がそれぞれ満足して有意義な一日を過ごしたように思う。

私はこのときの体験から、自身が生を受けて多分その終わりの日まで過ごすであろうこの町の歴史に、興味を持ったことがなかったのに初めて気がついた。慣れ親しんだこの町の小道や一本の木にも、深い歴史の跡が残されていることを私は全く知らずにいた。私が学んだ小学校も百年の歴史があるという。私はこれまで、何とぼんやりと過ごしてきたことだろうか。

テキストには、かつて七飯町で活躍した人物を取り上げた中山義秀の小説『月魄《つきしろ》』が紹介されている。昨日まで少しも知らなかった郷土の歴史について学び、一人の作家に出会えたことに感謝している。

（昭和六十二年九月）

七飯町に欲しい本格郷土資料館

私たちの郷土、渡島管内七飯町は、函館市に隣接する緑豊かな温暖な風土に恵まれ、豊潤な文化が漂う町である。

函館から国道五号線を走り、有名なアカマツ並木が続く道を七飯町の中心街に入ると、国道を上がった山手の方に旧中学校のグラウンドがある。その片隅に旧中学校の校舎を利用して七飯郷土資料館が建っている。資料館といっても、館長の長川清悦さんが四十三年に設けた私設の郷土資料館が老朽化したため、一時しのぎの場所として現在の建物に移されたものという。

昭和六十二年夏、長川さんを中心に七飯町郷土史研究会が発足し、翌年一月までに六回にわたる会合が開かれた。その都度、一番話題になったのは、何といっても本格的な資料館がほしいということだった。長川さんが一人で始められてからもう二十年たっている。まるで倉庫のような建物の中には陶芸教室もあり、絶えず火災の心配に脅かされているのが現実である。資料館の品物の一つ一つは七飯町を開拓した人々の血と汗の結晶であり、それらは町の文化遺産である。

七飯町では十年計画で総合的な文化センターを予定していると聞くが、その中に本格的な郷土資料館設置のプランはあるのだろうか。行政サイドのご意見をお聞きしたい。

（昭和六十三年三月）

瀬戸内寂聴さん

北海道新聞生活面に月二回「寂庵こよみ」というタイトルで、瀬戸内寂聴さんの随筆が掲載されるようになって、私は新聞を読む楽しみが倍加した。

小説とは違い、新聞に掲載される時には、文章の鮮度というようなものが感じられ、その時々の寂聴さんのものの考え方、とらえ方、感じ方、さらにはその日常生活までもを垣間見ることができるのはうれしいことだ。

寂聴さんは私が三十代に入ってから、再び始めた読書の中で、最初に出会った忘れることができない作家である。以来、寂聴さんの生き方に共鳴する多くの女性ファンの一人として、その広範な活動ぶりに注目させていただいている。

初めて寂聴さんの存在に気付いた時、彼女はすでに出家していた。凝り性の私はその著書のあらかたを読破した。読破などと偉そうな言葉を使うまでもなく、寂聴さんの小説は読みやすく、ストーリーの展開もわかりやすく、知らず知らずのうちに読んでしまったという感じなのだ。

こうしたことから、テレビ番組欄に寂聴さんの名前がある時などは、それを見逃さないようにしている。出家した今でも、とても若々しく活動的で、その能弁ぶりはご自身でも言われるようにいわゆる作家というイメージからは程遠いようにお見受けする。

寂聴さんが作家の宇野千代さんのように、長命でよい仕事を続けられるようにと、一ファンとして期待したい。

（昭和六十三年十二月）

私の愛別離苦

四月初旬、春休みで帰省していた娘と、千葉の大学へ入学する息子とともに上京した。例年よりも暖かいらしく、桜はすでに盛りを過ぎていた。姉弟で住むマンションの部屋を整えていると予定の数日はまたたく間に過ぎた。週末の夜行列車に乗り込み、見送りにきてくれた二人に「遅くなるから帰って」といい、さっさと寝台車に乗り、カーテンをしめた。独りになると、たちまち涙が流れた。

翌日、帰宅し家の中にたたずんでみると、子供たちと別れたのだという思いが現実のこととして私の胸を突いた。前年、娘が上京した時はまだ息子が残っていたけれど、今度は彼も、夕方になっても夜になっても帰ってこないのだということに気がついた。

ポッカリと胸に大きな穴があき、そこを風が吹き抜ける音が聞こえそうだ。意味もなく涙が流れた。私の胎内にいた十か月間、身長百七十センチを超えた十八歳に至るまでの彼の姿が、私の脳裏を走馬灯のように駆け巡った。

私はふと「愛別離苦」という言葉を思った。辞書を引くと、親子、兄弟、夫婦など愛する人と別れる苦しみとある。ああ、とても貴重な体験をしたのだと思った。

やさしく辛抱強い息子のお陰で私はここ数年重い物を持ったことさえない。離れて生活しても母と子であることに変わりはない。この世で彼と親子として出会ったことに感謝したいとしみじみと思う。


（平成二年四月）

寂聴さんの講演

雨の降りやまぬ一日夜、函館市民体育館での瀬戸内寂聴・井上光晴文化講演会へ出かけた。函館にも住まいをお持ちの井上光晴さんのお話は、これまでに何度か拝聴する機会があった。けれども、前年がんの手術をされたとは思えぬほど、相変わらずお元気で「老いと情熱」という題で、一時間余りをマイクを必要としないほど大きな声で話された。

続いてステージに立たれたのは、目にも鮮やかな朱色のけさをまとった瀬戸内寂聴さん。

舞台中央まで進み出てこられたその姿は、何と若々しく、はつらつとしておられることか。六十代後半とはとても信じられないほどで、長い間ファンであった私は、とても新鮮な驚きと喜びを自覚した。

この日の会場は、ほとんど空きがない状態で、そのあらかたは女性だった。まず寂聴さんは「ウイークデーの夕食時に、ここに集まった四千五百人の皆さんは、経済的にも恵まれ、快く出してくれる家族を持ち、そして会場に出てこられる健康な体を持っているのよ」とにこやかに話しかけられた。

立て板に水のようなお話の中身は、実に分かりやすく、ご自分の身近な話題を例にしながら、「人間は存在そのものが他の人を傷つける」という言葉が印象的だった。これはどんな人でも、自分の中に思い当たることだと思った。雨の夜の三時間近くがまたたく間に過ぎ、充実した時を送らせてもらった。

（平成二年六月）

通うのが楽しみパークゴルフ場

数日前から、友人に誘われてパークゴルフを始めた。七飯町で二年前につくられたパークゴルフ場は、五分とかからない所にあり、通い始めてみると、わが家の庭のようだ。私はこれまでスポーツとは無縁の人生を送ってきたので、プレーはどうも様になっていないらしい。まだルールもよく分からずに通い続けているが、一周一キロ半のコースは、よく手入れされた芝生の上を歩くだけで、なんとも気持ちがいいものだ。特に最近は体を動かすのにちょうどよい気候で、木立の間を通り抜けるさわやかな秋風を受けながら、時折わずかに色付いてきた山に見とれてしまう。

私たちは二人だけでプレーをするほか、もっと以前から通い続けている先輩男性に誘われる機会にも何度か出会った。一緒にコースを回りながら、パークゴルフの要領だけでなく、話題は広がる。社会の第一線を退いた方々で、それまでの豊富な人生経験が、お話の中にもプレーの中にも見え隠れするように思われる。

リハビリのために行っているといわれる男性は、よい点をあげることを目的にしないということで、ご自分のプレーも他の人のプレーも実によく観察しておられる。

あと二週間ほどするとこのパークゴルフ場は冬ごもりに入るという。気持ちのよい秋空の下、もう少し楽しませてもらおうと思っている。

（平成二年十月）

気さくなパン屋さんの本

七飯町に「こなひき小屋」という手づくりのパン屋さんがある。国道5号に面していて、七重小学校のグラウンドの向かいに位置し、かつてはオケ屋さんだった場所である。

二年ほど前に開店した当時から、その本物の味の良さと、働いているご主人とお客とが話し合えるような、気さくな雰囲気も手伝ってか、いつも客足が絶えないようだ。夕暮れになってからお店に立ち寄ると「本日は品切れになりました」という張り紙を私は何度も目にしている。

最近になって、このお店の中に小さな図書コーナーがあることに私は気がついた。ぼんやり者の私のことだから、それがいつから置かれていたかわからない。「ちょっと見せていただけますか」と言って一冊の本を手に取って開いていると、お店の奥さんが私に向かって笑いかけながら「よろしかったらどうぞ。主人が仕事の合間に読むつもりで置いているのです」という。

こうして私は本年度の「ベストエッセー集」をお借りし、次には最近読み始めた向田邦子の作品のひとつ『あ・うん』を見つけた。私は自分で本を求める場合は手軽な文庫本が多いけれど、『あ・うん』の装丁は中川一政画伯の狛犬が描かれ、まずその絵に見とれてしまった。私はすっかり気分をよくして、パンの入った袋と本を手にし、ハミングしながら帰宅した。

（平成二年十二月）

さっそうとショパンを弾く七十歳

最近、北海道新聞日曜版で、落合恵子さんのエッセー「風が頁をめくっていく」を興味深く読ませてもらっている。

二月三日は「いまが黄金の時」のサブタイトルで、七十三歳になる女友だちのさっそうとした生き方が紹介されていた。読み終えて、私は知り合いの一人の女性を思った。

函館公園の裏手にジャズ喫茶Sがある。コーヒーを飲みながら目を外へ向けると、窓から公園の木々がちょうどお店の庭のように配置され、四季折々の姿をみせて目を楽しませてくれる。けれど、お店の一番の魅力はママである。きさくで飾り気がなく、初めてのお客にも古い顔なじみのように何気なく話しかけてくれる。そしてお店の雑誌を読んだり、ぼんやり外の景色にみとれていたりすると、ほっといてくれる。

ママは私の記憶に間違いがなければ、十年前、六十歳の時にリューマチの治療のためにと、指の運動にピアノを習い始めたという。

先日、いつものように窓の景色を楽しみながらコーヒーを飲んでいると、ショパンの別れの曲が聴こえる。それはとても力強く心に染み入るような音色で、レコードだとばかり思っていたらママが弾いているのだ。ショパンを少し自分流にアレンジしたのよと言う。ママはまさに今がゴールデンエイジだと私は思った。またいつか、オリジナルのショパンを聴かせてもらいたいと思う。

（平成三年二月）

息遣い聞こえる柴崎さんの木彫

暑さ寒さも彼岸までの言葉どおり、日差しだけはすっかり春めいた春分の日の午後、私は八雲町へ出かけた。

目的は美濃の円空仏と、八雲町在住の彫刻家柴崎重行さんの木彫りグマ、それに私には初めての、東洋のピカソの異名があるという故熊谷守一画伯の書画の作品展が八雲町公民館で開催されていた。

柴崎さんのクマは、数年前にやはり同じ場所で坂本直行画伯との二人展が行われた時に初めて出合い、以来ファンになった。数年を経て柴崎さんのクマの前に立つと、その一つひとつの作品から作者の息遣いが聞こえてきそうで、私はドキドキしてしまった。

おの一つで、柴崎さんの手によって木の中から自然にクマが出てくるような感じがビデオで紹介されていた。柴崎さんのアトリエは自然の中にあり、開拓農家として入った八雲町鉛川をこの三十年離れたことがないそうだ。自然と一体となり、クマと一体となって生み出された芸術なのだろうか、と私は思った。

この日は柴崎さんのクマと、歴史の重みを感じさせてくれる円空仏と、熊谷画伯の印象的な猫の絵など、本物の芸術をたんのうさせていただいた充実した一日であった。

（平成三年三月）

初の事故を教訓に

雪らしい雪もない十二月下旬のある昼下がり、修理に出していた車が届いた。きれいに洗車され、傷の名残といえば、ナンバープレートにわずかに見える程度である。思わずうれしさが込み上げた。

運転免許を手にして十三年になる。今の車に乗って四年目。初めての新車で傷などつけたことはないのに、十二月に入って、凍った路面で前からきた車と衝突した。林の中の細い一本道のカーブで、互いの車を見つけた時には避けることができず、正面からぶつかった。スピードを落としていたので、運転者はどちらもかすり傷ひとつなく、車の傷み具合も同じようで、大事に至ることはなかった。

その後、雪が消えて、私はコタツの中で外を見ながら、あの時雪がなかったら衝突せずに済んだのに、とふと考えた。そして間もなく、何て都合のよいことを考えるのかと思い至った。車の傷みだけで済んだことに、どんなに安堵したかしれないのに、反省すべきことを忘れている。

毎日、新聞の社会面に載る交通事故の記事を見ても、私だけは無縁なのだというごう慢な気持ちがあったように思えてならない。私の車が元通りになって帰ってきた時の思いを忘れずに、安全運転を続けたいと思っている。

（平成三年十二月）

パークゴルフで貧血が治る

パークゴルフを始めて二年になる。今春からこの愛好会の会員に参加させてもらい、すでに大会に二回出させていただいた。仲間の人や、同じ町内会で愛好会のお世話をしている男性に熱心に勧められ、ようやく重い腰を上げてのことだった。

パークゴルフは、公園で遊ぶゴルフである。公園は人々が集い楽しむ場所とルールブックに書かれているように、大会の当日は音楽があたりにこだまし、小学校の運動会をほうふつとさせるような和やかな雰囲気の中でスコアを競い合う。組まれた四人のメンバーが18ホールを一巡するうちにすっかり親しさが増し、私はいつの間にか大会の楽しさに浸っていた。

この時期、私の日常は、始めて八年になる新聞配達と、母と二人の畑仕事、それにパークゴルフが加わり、日がな一日太陽と戯れ、夕食後はまるで遊び疲れた子供のように眠くなった。おかげで幼い時からの貧血症とも縁が切れたらしい。

ゴルフ場の木々の上では野バトが朝の訪れを告げ、スズメが朝露にぬれた芝生の上で群れ遊び、ツバメが木々の間を飛び交う。家から歩いて五分のパークゴルフ場で、私は新しい発見や人との出会いを経験している。

（平成四年七月）

音楽は万国共通

先日、ＮＨＫ函館放送局で行われたハイビジョンによる「ボブ・ディラン・デビュー三十周年コンサート」を見た。ＮＨＫが直接機器を運び込み、現地で収録したものが、スピーカー四台を使って放映された。ほとんどその時の臨場感を体験できますという係の説明があり、三時間におよぶ多彩な一流アーチストによる音楽を満喫させてもらった。

また私はその翌日、札幌・道新ホールで開かれるジャック・ルーシェ・トリオのコンサートの切符を持っていた。このジャズトリオは、バッハをジャズにアレンジしたものを演奏する。本物が聴けるとは思ってもみないことだった。道新ホールでは、演奏者の三人の呼吸と客とが見事に一致したという雰囲気の中で、二時間はまたたく間に過ぎていった。

二日連続したコンサートはどちらも英語でのあいさつで進行し、日本語なしで終始したけれど、音楽は万国共通語なのだとしみじみと感じた。


（平成五年四月）

巴座の最後の映画祭

十一月三日の文化の日は、小春日和のよいお天気に恵まれた。私は用事で函館へ出た折、巴座で開催されていた閉館のための最終映画祭を見た。その日は『仕立て屋の恋』が上映されていた。

巴座の二階「トム・ホール」のほぼ中央の赤いシートに腰を下ろし、上映を待つわずかの間、全く久しぶりに入った映画館の雰囲気にドキドキしてしまった。

やがて照明が消えて、カーテンが開き、画面が映し出された。字幕スーパーを追いながら、何も分からないフランス語を耳に、いつしか『仕立て屋の恋』の世界に引き込まれた。

わずか一時間余りのその映画は、十二分に映画の魅力をたんのうさせてくれた。やはりテレビでは味わうことのできない大きな力が映画にはあると思った。

私は中学から高校にかけて元町のミッションスクールに通っていた時、土曜日になるとやはり映画好きの友人と頻繁に映画館に通いつめていた。もう三十年余り前のことである。今回の映画が引き金となって当時のことがいろいろとしのばれ、楽しい一日だった。

（平成五年十一月）

息子から贈られた白いコート

昨年、雪が舞い始めたころ、本州に住む息子がコートを贈ってくれた。

事前に電話があったので、わくわくしながら宅配便を待って受け取ると、とても軽い。開けてみると、一枚仕立てでシャツカラーの若向きの白いコートだった。早速はおってみるとボタンがしまらない。これは着られないなと思い、私は洋服ダンスにしまってしまった。

しばらくして彼から電話があり、「どうだった」という。私はありのままを説明した。店の人が百五十センチくらいというと九号でいいと言ったけど、もう少し大きめなのを送ろうか、という。私はいいよ、と言った。

彼はがっかりしたようだった。

私はこの話を友人と会った時に、何気なく言った。すると「私だったらどんなことをしても着るよ。せっかく送ってきたのに」という。私は彼の好意を無にしたことに気付き、また着てみた。ボタンをはずして着れば、何の問題もないのだった。

その日、彼に電話をかけてその説明をした。彼が正月に帰省した折に、私はそのコートを着て空港まで行った。

この話にはまだ続きがある。

つい最近、私にアドバイスしてくれた友人に誘われて、ブランド品を扱っているリサイクルショップに出かけた。私は白いコートを着ていた。今どんないきさつで、そうなったのかは覚えていないけれど、その店の女主人から、私のコートが「23区」という品で、若向きのものだけど、息子さんは目が高い、大事にした方がいいですよと言われた。そばで聞いていた彼女が何度も、よかったね、と言ってくれた。

このことは偶然という出来事だけど、ボンヤリ者の私に、店の人が息子の気持ちを代弁してくれたのではないかと感じた。

忠告してくれた彼女がいなければ、私はどんなに息子の気持ちを傷つけたことだろう。友人にも息子にも感謝しなければとしみじみと思う。

（平成十一年二月）

彼岸へいった愛犬ジャッコ

この十年余り、わが家の一員だったシェルティ犬のジャッコが死んだ。

去年の秋口からフィラリアにかかり、それを乗り越えたのもつかの間、今年になって婦人科の手術をし、死の直前にはのどに腫瘍があると診断された。体調が思わしくなくなってから、家の裏口に箱を置きその中に入っていた。

私の仕事が休みだった日、並んでコタツに入りフランスパンを食べた。その日、長い間散歩を共にしていた北海道犬のマメの所へオシッコのついでに立ち寄っていた。翌朝、洗面に行ってジャッコと呼んでも動かない。

半ば目を開けて、口も半開きで、いつものようにあどけない表情のままだった。母と二人で埋葬しようと思い、抱き上げると、片方の眼の下に涙がたまっていた。これまで犬や猫の死には何度となくかかわってきたけれど、このような状態は初めてだった。

作家の水上勉さんが心筋梗塞で彼岸に行きかけた時、かつて飼っていた犬が現れたと書いていたのは本当なのだと私はその時に思った。

私たちが死を迎える時には、おじいちゃん（私の父）と一緒に向こうへ行った犬や猫がぞろぞろと出てくるかもしれないね、と母や娘と話がはずんだ。

そういえば、作家の遠藤周作さんも、彼岸に行けば、先に行った人たちに会えるようだと書いておられた。そのように考えると死は怖いことではなく、楽しいこととして受け入れることができると書かれていた。

私はジャッコの死によって、このことが理解できたように思う。生きとし生ける者に死は平等に訪れるものだから。

ひとりになってしまったマメは散歩の度に必ずジャッコの小屋に立ち寄ろうとするけれど、時間とともに私たちの中から寂しさが遠のくように、マメにとってもそうであってほしいと願っている。

（平成十一年三月）

摘んできた二輪草

私は隣り町にある病院で掃除のおばさんとして働き始めて三か月目に入った。

最初は仕事にも環境にも慣れなくて、人一倍不器用な私は右往左往するばかり。一緒に仕事をする二人の女性は、どんなにイライラしたことかと、今にして申しわけなく思っている。

病院は山の中といっても過言ではない場所にあり、渡島平野を一望でき、小さく函館山が見える。青葉、若葉のこの時期は、朝、病院の庭に降り立つとウグイスや山バトの声に迎えられる。自然の好きな私にとって、こんなよい環境の仕事場はない。

患者さんとも顔見知りになり、車いすの人に「おばさん、おはよう」なんて言われると一日がなんだかうきうきしてしまう。

五月に入ってゴールデンウイークも終わりに近づいたある朝、その日は私は一人の仕事だったので、いつもより早めに家を出て、病院の近くで咲いていた二輪草を摘んでいった。

初め、私はその花を私たちの小さな休憩室に飾るつもりだったが、時間があったので入院室の方へ行き、偶然、行き会った女性に差し出した。私より何歳か上らしいその女性は声を上げて喜び、ベッドの脇のテーブルの上に飾ってくれた。そして廊下で行ききして出会うごとに何度も「おばさん、ありがとう」と言われ続けた。

私が仕事を始めたころ、彼女は詰め所の中のベッドにいた。顔色も悪く、この世の人とも思えなかった。それがいつの間にか、元気になり、絶えず笑顔で動いている姿を見るようになり、私も「元気になってよかったね」と何度か声をかけたことがある。

二輪草が彼女の手に渡ったのは、本当に偶然なのだけれど、私の方が幸せな気持ちになった。ほんのささいなことで人間は幸せな気持ちになれるのだと、私は彼女に教えられた。

（平成十二年五月）

山菜採り中に車のカギ紛失！

五月最後の日の朝、私は山菜が食べたくなり、一人で山へ出かけた。目的地は家から二十分ほどの城岱牧場を大沼寄りに少し下った場所。途中、朝の澄んだ空気の中で、寝そべったり、草をはんだりして私の方を見ている牛もいる。

車を降りて山道を行くと、左手にわずかに雪が残った駒ヶ岳が見えた。そばの斜面にはハクサンチドリが今を盛りに咲いている。

私はフキとウドを食べるだけ採り、三十分ほどで車へ戻った。その時、道路の向かい側にあるフキが目につき、車のカギを手に持ちそっちへ向かった。青くて柔らかそうなフキだった。十分もそこにいただろうか。私はフキの側に置いたカギのついたキーホルダーを持ち上げると何とカギがない。キーホルダーのネジが緩んでカギがはずれていた。

いつもはポケットに入れるのに「ちょっと」と思い、この日に限って手に持っていたのだ。私は青くなった。でも動いたのは道路から一メートルくらい。しかし、目を皿にして探しても見つからない。気持ちはだんだんあせってきた。近くにある「クマ出没中」の看板が急に大きく見えてくる。

私は助けを求めようと、行き過ぎる車を何台か見送った後で、思い切って手を上げた。車の窓を開けて若い男性が「どうしたんですか」と声をかけてくれた時はどんなにホッとしたことか。

事情を話すと、一緒に探してくれた。まもなく私が見つけた。お礼を言って「お名前は」と聞くと「僕は何もしていません」と言う。ただ何か困っている様子だったのでと言い、そこの牧場に勤めていますと言う。七飯町の職員だったのだ。

カギを見つけたのは偶然、私だったけれど、息子と同年齢に見える男性が親身になって一緒に探してくれなかったら、私は落ち着いて探すことなどできなかったと思う。ヤブ蚊が絶えず目の前を動く中でのご親切に心からお礼を申し上げたいと感じた出来事だった。

(平成十二年六月)

わが家の老犬マメ

私の家には現在、北海道犬が一匹いる。名前はマメ。隣家との境に沿って二本あるブドウの木の下に彼女の小屋はある。

朝、玄関のドアを開けると、たいがい、こちらを見ている。「散歩はまだかな」と思っているらしい。

もっとも最近は小屋の中で眠っていたり、朝日を受けて、外で寝そべっていたりすると、私が散歩用のロープを持って近づいても気付かないことがある。どうやら耳が遠くなったらしい。私は脅かさないように、そばにしゃがんで彼女が気付くのを待っている。

先日も散歩の途中、近所の犬連れの女性と出会い「おじいさんですか」と言われた。「いいえ、おばあさんです」と私は答えたけれど、マメは一目でそう見られるほどに老いた。年が十七、八歳になっているから老いても無理はないけれど、ひとつ思いあたる理由がある。

それは一年半ほど前に死んだシェルティのジャッコとの別れにあるようだ。長い間、毎日、一緒に散歩して仲良しだった。ジャッコはマメを迎えに行って、帰りはマメを送ってからでなければ、家の裏側の自分の小屋へ行こうとしなかった。

今も散歩の途中、シェルティを連れた男性と出会うことがあり、その存在に気付くと、マメは立ち止まって目を離さない。行き過ぎても、目で追って動こうとしない。

私は「ジャッコちゃんだね」とマメに言う。

そのわずかな時間が過ぎると、マメは前を向き、姿勢を正して、しっぽを大きく振り、歩き出す。

つかの間、彼女は若々しい。ジャッコと並んで歩いた時の彼女に戻ってゆくようだ。

最近、私も足の具合がよくない。病院で「老化現象ですね」なんて言われて、少なからずショックを受けた。ヨタヨタ歩きのマメと歩幅がいいようだ。マメ、仲よくしようね。

（平成十二年六月）

友人の母の心豊かな老後

夏至も過ぎ、一年で最も日が長い六月末、仕事が連休になり友人に誘われて遠出をした。目的地は彼女の実家のある檜山で、お母さまが一人で暮らしている。対岸の奥尻島と共に北海道南西沖地震で大きな被害を受けた海沿いの町で、彼女の生まれ育った場所は見事に変ぼうしたと言う。

お母さまは今、海の見えない町営住宅で仏さまを守っていた。以前にも何度かお会いしたことはあるけれど、血色もよく、若々しくとても八十歳には見えない。夜、九時すぎに到着した私たちに気持ちよく対応して下さり、十二時近くまで三人でおしゃべりを楽しんだ。

お母さまは足が悪く病院に通っていると言いながら、座イスの側の仕事机の上には針刺しやアイロンなどがあり、「今こんな物を作っているのよ」と布をクルクル巻いたコースターを見せてくれた。手仕事が好きなようで、家の中は作品が無造作に置かれている。また、古い着物をほどいて自ら考案したガウンなどにリフォームし、それらを近所の人や友達にあげて喜ばれているという。

翌朝はじゃがいもで作ったギョウザをスープ仕立てにしたもの、透き通ったイカの刺し身とすべて手作りの品々が並べられ、三人でゆっくりと心のこもった朝食をいただいた。私はスープを三杯もおかわりした。

お母さまは日常の総菜はすべて手作りで、余分に作って近所の働いている人々にもおすそ分けするという。そうすると、代わりに野菜や米などの品が届き、買う必要がないそうだ。道内にいる三人の娘さんとご子息はそれぞれ活躍されて、交互に訪れるらしい。

私は心豊かな生きざまを目の当たりにし、「世のため、人のため」と口ぐせにしていた生前の父を思い出した。


（平成十二年六月）

心を病む患者さんにいやされる

二〇〇一年を迎えて十日余りが過ぎた。私は隣町にある函館のY総合病院の分院で、掃除のおばさんとして働き始めて、まもなく一年になる。

ここは心を病んでいる人たちが入院している。山の中腹に位置しており、大野川を渡って、美しい庭のある大野農業高校の傍らを通って通っている。

秋、高校の校庭では、ナナカマドが真っ赤に色づき、銀杏の黄色がハラハラと落ちる。晩秋までの長い時間、私は朝の束の間、車を止めて、その折々の美しい風景を楽しませてもらった。

今はそれらの彩りが消えて、モノクロの世界となり、雪が降っても降らなくても、また違う楽しみを私に与えてくれる。

そうそう、私が言いたいのはこんなことではなくて、本題に入らなければ。

成人式と日曜の二日続きの休日だった。私は朝少しの時間、仕事に出た。もう仕事も終わり近く、トイレの側の物入れに道具をしまっていると、歩行器を押して、患者のNさんがアコーディオンドアの前でトイレが空くのを待っている。

「Nさん、向こうのトイレを使ったら」と言うと「よごすと困るからね、ここが空くのを待っているの」と言う。それでもしばらく空く様子がなく、いつまでも待っている。「Nさん、よごしてもいいから、気にしないで向こうへ行って」と私は言った。するとようやく移動して用を足してくれた。

Nさんに限らず、一般に患者さんは心やさしく、デリケートな人たちが多い。私はこの病院で働くようになって、何度患者さんにいやされたか分からない。心を病む人たちから、私はいやされるという経験をしたのだった。

この病院はやがて閉鎖される運命にあるらしい。でも、その最後の日まで、私は患者さんの身近で仕事をさせていただきたいと思っている。

（平成十三年一月）

四十年ぶりの小、中学校の同期会

一月最後の土曜日、函館のとあるすし店で小学校および中学校の同期会が行われた。といっても先生をお招きして用意周到に計画されたものではないらしく、私に連絡があったのはつい数日前のことだった。

「ねえ、急な話なんだけど、同期会をやろうってことなんだけど、どう?」と言う。私は即座に「行く、行く」と返事をした。

私はKさんの所へ集金の仕事で月に一回通っていた時、彼女が「クラス会をしたいねえという話がよく出るんだけど、なかなか現実的な話にならないんだよね」というのを何度か聞いたことがある。まして地元の中学へ行かなかった私のような女生徒が何人かいて、小学校だけのクラス会というのはめったにない。

今回は小学校、中学校にかかわらず、近くで連絡のつきそうな人から人へアトランダムに伝え合い集まるから、はっきりしたメンバーが分からないんだよと、当日会場までの道すがらのKさんの話だった。

その日、出席者は二十人を超えた。同じ町内にいてもめったに会うことのない人、お互いに車の運転中によく出会う人、そして四十年ぶりの人などが集まった。

「あの人だあれ」という言葉もあちこちで聞こえている。乾杯をして、ひとしきり再会した興奮状態が収まった時に、一人ずつ自己紹介が行われた。女性は旧姓と現在の姓とを告げて、私のようにずっと同じ名前の人や、中には何度も名前の変わった人もいる。五十歳を過ぎて、見事な中年の男女となって、笑い合い、時間がたつほどに子供時代の顔が垣間見えるようだった。

こうして集まった人たちは順境の人ばかりではなく、逆境の人もいる。とにかく集い、お互い五十年余りを生きて再会した。これからも生きてゆこうね、という気持ちが去来したように思った。


（平成十三年二月）

第三部

風に吹かれて

川柳百三十二句

北の街

ストーブのそばで奏でる雪の舞い
母の笑み生きるお手本鮮やかに
パパと似るそんな仕種が驚かす
六十の手習いなどと母自覚
空と海ひとつの青に染まる街
給料日夫の汗を同封し

句の湧かぬ物足りなさにつづく雨

三十二歳赤いセーターほしくなり

ふるさとの大地を満たす花ふぶき

猫の恋マグニチュード五のような

いきいきとおたまじゃくしに息子の目

絵画展見なれた景色目を奪い

運動会わが子も走る風走る

今日生きる証しを刻む一行詩

アカシアの香りを残し北の街

川柳で希望の明日追いつづけ

恨めしく温度計見る一瞬の夏

きりぎりす鳴いて知らせる季の移り

不慮の事故天が私を試す日々

泣きごとは言うまい明日も陽は昇る

責任がこんなに重く母の病む

学芸会一途な瞳ものを言い

初雪の重さに耐える木々の彩

ダイヤル回す胸の鼓動の鳴りひびく

十二月雪のない街他人めき

老父の背淋しがらせて母の病む

バーゲンで女心をひとつ買い

雪虫にせかされている畑仕事

（「夕刊川柳」昭和五十四年二月～十二月）

亡母の名を

やるせなき風のいたずら見てしまい

夢の中指折る詩も五七五

北国のロマンただよう雪の舞い

口にする愛は虚しく消えたがり

陽の光まともに受けてまだ迷い

春の音こんなに炎えて福寿草

第三部　風に吹かれて　川柳百三十二句

スカーフがひらりとゆれて丸い春

亡母の名を呼んでみたくて海を見ん

湯治する人それぞれの苦を流し

いたわりの言葉が似合う父となり

北国がセットになって異常寒波

初春へ新たな朝と新たな瞳

恨み切ることもできずに血の絆

思い出のひとつもなくて姉妹の血

追伸の一行へためらいつづく

ひたむきな秋の陽差しと小半日

すんなりと五月の街になれぬ風

五月雨へ梅のつぼみの物思い

悩み抜く一句へつづく雨の音

忘れな草をあなたに捧ぐ雨の宵

荒れ狂う風の嘆きよ哀しみよ

自己嫌悪死にたい程の眼と出会う

傷ついて暮れゆく空が瞳に残り

黒百合の秘かな愛を胸に抱き

ひとひらの花の嘆きに耳を貸し

大人びた仕種の中の娘の育ち

霧雨にぬれてもみたい午後であり

ときめきの心を連れて花と酔い

そよ風に一途な恋を打ち明ける

火傷しそうな恋の真只中

煮えたぎる鍋の熱さにうろたえる

坂道を転がるまりをどうしよう

翼がほしいひとつの恋に堕ちてゆく

一徹な老父がベッドで褪せてゆく

父と娘の思い出乗せる船が出る

絡み合う指から殺意走り抜け

紺碧の海へ憎しみ離そうか

海をみつめる素顔をもって逢いにゆく

狂気のごとく赤い夕陽が落ちてゆく

紅葉の一途に燃える哀しさよ

私の辞書に悔いのすべてを書き連ね

柿の実のたわわに秋を主張する

ためらいの中でコスモス咲き乱れ

息を潜めて風のゆくえを見ています

掌になんにもなかった過去でした

色褪せた歴史が重い老父の肩

黄昏のドラマ夕焼に染まりそう
追憶の刻が深まるナナカマド
それぞれの運命を連れて今日を生き

（「道産子」昭和五十四年十二月～）

風船を飛ばす

得意気にハンドル握る赤い爪

老父の目に明治の気骨老いていず

粉雪が絵となる今朝の街の色

風船を飛ばす心を遊ばせる

騙しぬくわが魂と向かい合い

この胸の炎を癒す雨を待つ

なにもかもあなたに任せ風の中

雑草が生きるすべてに目を凝らし

透明な心を連れて海を見に

魂の触れ合う音を聞きにゆく

水平線かすかに明日が見えそうに

あなたの瞳には蒼空がよく似合う

どしゃぶりへいじけた心向けてやり

海を見つめるただ一人の世界

晴耕雨読そんなくらしが性に合い

霧笛がつづく空しさが押し寄せる

（「川柳の友」昭和五十五年三月〜五月）

昼寝の父

降りしきる雪よ私の恋も今

歓喜の中で愛はたしかに見えた筈

束の間の逢瀬に軽い殺意連れ

風の吹くたびに菜の花咲き乱れ

こぶし咲く五月の空よ亡母の眉

母のない風は嘆きをひた隠し

履き替えた靴に確かな季の移り

黒ゆりの告白の季はすぐそこに

恋らしき前科が匂う鬼の面

父はなぜ老いてゆくのか寒の入り

やがてくる別れ昼寝をする父よ

犬の眼とはなしは尽きぬ人嫌い

昨日の悔いに降りやまぬ雪よ降れ

車椅子のあなたに貰う螢火よ

（「川柳展望」昭和五十六年五月～五十七年五月）

夏草

ほんとうのおしゃれ裏地がものをいい

引潮の愁いが残る砂の跡

あどけない瞳の中に雪が降る

遠回り事の真意がやっと見え

炎天の夏草じっと耐えつづけ

雑草の嘆きを知らぬ鎌の先

つながれた犬の嘆きを風が受け

運命の出会いがあった途中下車

人の世の煩悩包む除夜の鐘

越えてゆけ

頼りないもののひとつに私の性

土塊をだまってみているおじぎ草

夏の陽をひとりじめして私はトマト

おもい出しわらい愚かな母に似る

雨は天から私はいずこから

夜の夢の景色求めて一人の旅へ

子は海へ愚かな母を越えてゆけ
陽は昇り陽は沈み私はここに
身のうちに流れついたる彼岸花
完全燃焼まぶたの裏の紅葉よ
いっときの逢瀬紅葉瞳にあふれ
夕焼けのそのひといろを惚れ抜きぬ
その先は問わず小春日和のなか
自画像にひといろ添える秋の中

天地創造つるべ落しの秋の陽よ
見知らぬ街の見知らぬ風を頬に受け

（「道産子」昭和五十七年十月〜十二月）

あとがきにかえて

先日、買い物のついでに立ち寄った本屋で『瀬戸内寂聴の世界』を買い求めた。サブタイトルに「人気小説家の元気な日々」とある。

表紙にはモノクロで法衣をまとった寂聴尼がほほえんでいる。数え年八十歳とはとても見えない。ページを捲ってゆくと出家以前の晴美さん時代の写真もあるのだけれど、現在の寂聴さんの方がずっと美しい。

四十歳以後の顔は自分の責任といわれるのはもっともと頷ける。

私は三十二歳で川柳を始めてから、しばらく遠ざかっていた読書を再開させた。そしてまず寂聴さんの著書から、本を読む楽しみを学んだように記憶する。

自伝的な『夏の終り』に始まり『田村俊子』『かの子撩乱』『遠い声』など晴美さん時代の作品はモデルの女性達が一様にエネルギッシュで情熱的で、著者と共通する部分があるようだ。でも寂聴さんは、いつも「時の人」として多岐にわたって活躍されているので、もっとずっと人間としての器が大きな人なのだろうと想像する。

本の題名は忘れたのだけれど、最近、図書館から借りて読んだ寂聴さんの著書の中に、日日薬という言葉を見つけた。

側にひらがなで、ひにちぐすりと書かれている。こんなに美しい、奥床しい言葉があったのかという思いと、五十四歳になって初めて出会ったという意味でなんだかとてもうれしくなってしまった。すぐに忘れてしまうので手帳に書き写して置いた。

続いて次のような解説があった。

「時間こそ心の妙薬。どんな病気でもその病気の正体を正確に把握しないと投薬も手術もできない。自分の心の苦しみもその正体をはっきりみつめ、正確に識ることから苦の退治が出来るのです。胸につまっているものを吐き出してしまえば、そこにできた空間に新しい空気の流れ込む道ができ、その人は別の視点を持つことが可能になります」

今の私にとって寂聴さんの言葉はバイブルである。

二〇〇一年五月六日

坂本　久美

著者プロフィール
坂本　久美（さかもと　くみ）
1947年（昭和22年）3月31日　北海道亀田郡七飯町生まれ
函館白百合学園高校卒業

真狩《まっかり》へ　生きてゆく証を求めて

2001年10月15日　初版第1刷発行

著　者　坂本 久美
発行者　瓜谷 綱延
発行所　株式会社 文芸社
〒112-0004　東京都文京区後楽2-23-12
電話　03-3814-1177（代表）
03-3814-2455（営業）
振替　00190-8-728265
印刷所　株式会社 エーヴィスシステムズ

ISBN4-8355-2550-7　C0095